REY RODRIGUEZ

She, the President.

A Presidency as Precedent

Polit-Utopie

AF185160

© 2020 Rey Rodriguez

Autor: Rey Rodriguez
Umschlaggestaltung: Rey Rodriguez
Umschlagmotiv: Rey Rodriguez
Lektorat: Sigrid Lehmann
Korrektorat: Sigrid Lehmann
Übersetzungen: Markus Krucker
Autorenfoto: Rey Rodriguez
Suchmaschine: www.ecosia.org

Verlag & Druck: tredition GmbH, Halenreie 40-44, 22359 Hamburg

ISBN:
978-3-347-15475-9 (Paperback)
978-3-347-15476-6 (Hardcover)
978-3-347-15477-3 (e-Book)

Bibliografische Information der Deutschen Nationalbibliothek:
Die Deutsche Nationalbibliothek verzeichnet diese Publikation in der Deutschen Nationalbibliografie; detaillierte bibliografische Daten sind im Internet über http://dnb.d-nb.de abrufbar.

Die Handlung und alle handelnden Personen bis auf solche, die in der Öffentlichkeit stehen, sind frei erfunden. Jegliche Ähnlichkeit mit lebenden oder realen Personen wäre rein zufällig.

Die Urheberrechte an verwendeten Zitaten wurden sofern möglich abgeklärt, angegeben und eingeholt. Einzelne Zitate wurden seitens Autor als Kurzzitat nach UrhG § 51 eingeordnet bzw. sind als öffentliche Äusserungen der zitierten Personen zu werten. Sollten zitierte Personen zu einer anderen Einschätzung kommen, bitten wir um umgehende Kontaktaufnahme zur gütlichen Einigung über das weitere Vorgehen.

www.reyrodriguez.net

She, the President.

Inhalt

FÜR JACK

Datum	verliehen an	weitergegeben an

PROLOG

Die Amtszeit eines Staatsführers oder einer Staatsführerin reicht kaum aus, um wirklich neue Wege zu beschreiten, ohne politischen Selbstmord zu begehen.

Die Notwendigkeit, Kompromisse zu schließen, parteipolitische Scharmützel, alte Seilschaften und Lobbyisten erschweren auch in demokratisch organisierten Staaten die Umsetzung erfrischend wirkender und möglicherweise lebensnotwendiger Reformen für das Fortbestehen einer Gesellschaft.

Was aber geschieht, wenn ein Präsidentschaftskandidat oder eine Präsidentschaftskandidatin eine Kehrtwende in der Politik im Wahlkampf ausruft und damit tatsächlich die große Mehrheit der WählerInnen für sich gewinnen kann?

Verführt eine solche außergewöhnliche Legitimation dazu, die Demokratie auszuhöhlen? Kann er oder sie mit diesem Wählerauftrag und mit Hilfe der Straße eine Politik gegen die Widerstände in Kongress oder Senat durchsetzen? Oder kann er oder sie seine ParteigenossInnen und vielleicht sogar PolitikerInnen anderer Parteien für die Sache gewinnen? Oder muss er oder sie sich beugen, verbiegen und wird eine Vision schlussendlich von den etablierten Kräften in Politik und Wirtschaft zermürbend zermahlen?

Was geschieht, wenn er oder sie dem heute allgegenwärtigen Diktat destruktiver Branchen und global agierender Konzernstrukturen einen Möglichkeitsraum mit friedvollen, der Menschheit in seiner Gänze dienlichen, Produkten und Branchen entgegensetzt? Warum wird immer noch unser Geld in die Rüstungs- statt in die Bildungsindustrie investiert? Warum werden Geldströmen und Investmentgefäßen keine Grenzen gesetzt, aber Arbeitskräfte und Menschen in ihrer Bewegungs- und Reisefreiheit eingeschränkt?

Steigen wir also ein in einen Traum. Und so möge sich ein mögliches positives Weltbild in das Bewusstsein aller Menschen einbrennen, um gemeinsam eine friedliche und gerechte Welt zu schaffen.

KAPITEL 1: Die heile Welt?

„Wer glaubt, dass exponentielles Wachstum in einer begrenzten Welt unbegrenzt fortgesetzt werden kann, ist entweder verrückt oder Wirtschaftswissenschaftler."

Attributed to Kenneth Boulding in: United States. Congress. House (1973) Energy reorganization act of 1973: Hearings, Ninety-third Congress, first session, on H.R. 11510. p. 248; https://en.wikiquote.org/wiki/Exponential_growth

Alte (Un-)Ordnung

Die Geschäfte laufen prächtig. Die Familie meines Vaters ist im Rüstungsgeschäft tätig. Unser Großvater hatte sich im Zweiten Weltkrieg mit der Produktion von MK-II Handgranaten finanziell saniert und darüber hinaus einen beträchtlichen Gewinn eingefahren. Diesen investierte er nach dem Krieg in den Ausbau seiner Firma in Boston. Gut angelegtes Geld. Es versorgt bis heute alle Söhne und Töchter, sodass diese studierten, was immer sie wollten. Während diese sich bis heute weich gebettet mit Ideen auf ihrem Fachgebiet versuchen oder es gleich bleiben lassen und Golf spielen, Rosé schlürfen und ihren Rasen pflegen, blicke ich, Polly, *Person of Color*, Kurzhaarschnitt, permanent auf Draht, mein Gegenüber mit Blicken durchbohrend, jeden Menschen mit einem Lächeln begrüßend, erste Präsidentin der Vereinigten Staaten von Amerika, auf gut 40 aufwühlende Lebensjahre zurück. Heute möchte ich mit euch ein paar wichtige Erfahrungen teilen.

Der große Freundes- und Bekanntenkreis meines Großvaters umfasst Regierungsmitglieder und Industriekapitäne. Sie gehen auf unserer alten verwunschenen Farm an Wochenenden ein und aus wie in einem Taubenschlag. Die Farm war schon in den siebziger Jahren nur noch Wochenendsitz. Sie hatte keinerlei wirtschaftliche Bedeutung mehr, seitdem Felder, Äcker und Wiesen an einen der ersten im industriellen Stil produzierenden Futtermittelhersteller verkauft worden waren. Deren Forscher manipulieren Saatgut in Laboren dermaßen, dass inzwischen die vierfache Erntemenge eingefahren wird. Der monetäre Ertrag dieses Saatguts jedoch vervierfacht sich deswegen nicht für die Farmer. Denn das Hybridsaatgut ist nur noch einjährig und muss von den Farmern teuer eingekauft werden. Zudem müssen sie Jahr für Jahr mehr und mehr teuren Dünger zukaufen, um die von der Monokultur ausgelaugten Böden irgendwie noch fruchtbar zu halten. Und die Verkaufspreise der Ernteprodukte sinken aufgrund des Überangebots. Leider trifft die Theorie, dass bei sinkenden Preisen die Nachfrage steigt und dann die Preise wieder angehoben können, in der Realität so nicht ein.

All das interessiert den alten Herrn jedoch die Bohne. Denn er widmet sich immer ganz und gar seinen Geschäften und sucht am Wochenende Entspannung am Kamin oder auf der Loggia mit Blick in die Weite der ausgelaugten, gehölzfreien Landschaft – je ungestörter, desto besser.

„Du machst Geschäfte mit dem Tod!", schleudere ich ihm als 16-Jährige wieder und wieder entgegen. Meine Worte dringen nicht zu ihm durch. Er arbeite mit Präzision an der Sicherung der Weltordnung. „Das verstehst du in deinem Alter noch nicht. Pauk Mathematik, damit du eines Tages meine Geschäfte übernehmen kannst! Und respektiere, was ich für unsere Familie aufgebaut habe! Nur deshalb können wir uns dieses Luxusleben leisten! Und genieß du das gefälligst auch!" Dies ist seine übliche Antwort. Ein sturer alter Dickschädel eben.

An ihrem sechzehnten Geburtstag lade ich meine Freundin Jessica zu einem Mädels-Wochenende mit vollem Verwöhnprogramm auf unsere Farm ein. Wir werden das riesige Haus für uns allein haben und die Abwesenheit der Erwachsenen genießen. Die niedrigstehende Frühlingssonne blendet uns, als wir mit meinem japanischen Kleinwagen in die bunt blühende Allee zur Kiesvorfahrt einbiegen. Wir klettern sofort wie eh und je auf den wunderprächtigen, alten Kirschbaum und baden uns im Blütenmeer. Jessica kenne ich seit dem Kindergarten und sie ist meine beste Freundin. Wir vertrauen uns alles an, seitdem wir uns immer wieder als Kinder gegenseitig aus der Patsche geholfen haben. An diesem Samstagnachmittag sprechen wir das erste Mal offen über die Geschäfte meiner Familie. Mit Unbehagen, Scham und einem tiefen dumpfen Schmerz im Bauch eröffne ich einen ausführlichen Monolog. Ich berichte, was ich seit Kindertagen von der Rüstungsspirale und der Verstrickung meiner Familie darin weiß:

„Die Rüstungsspirale in den Zeiten des Kalten Kriegs war wie ein Sechser im Lotto für die Kriegsindustrie und ihre Aktionäre. In den Vorstandsetagen von Lockheed, Colt und all den anderen Rüstungskonzernen wird um die jährlichen Bilanzsummen gewettet, den Entscheidungsträgern von Regierungen und Militärs werden exotische Reisen spendiert, und die kubanischen Zigarren der Herren werden täglich dicker und länger. Und mein Großvater und mein Vater hängen da voll drin." Jessica verstummt, aber ihre Augen lassen im Grunde Verständnis ahnen. Sie weiß in diesem Moment einfach nicht, was sie zu dieser heftigen Geschichte meiner Familie sagen soll. So habe ich uns die in Vorfreude zelebrierte, fröhliche Leichtigkeit ihres Geburtstags für ein paar Stunden genommen. Aber ich habe es endlich einmal loswerden müssen. Und geteiltes Leid ist halbes Leid.

Meine Rolle ist schon seit der *Primary School* eigenartig. Alle scheinen mich ständig zu beobachten. Ich suche Anschluss und möchte Teil der Gemeinschaft zu werden, spüre jedoch täglich Abneigung und Zurückweisung durch meine MitschülerInnen. In der *Highschool* wird dies noch stärker spürbar und offensichtlich. Durch Engagement im Unterricht und bei außerschulischen Aktivitäten versuche ich, mich einzubringen und den Anderen Gutes zu tun. Aus der Erkenntnis meiner Familiengeschichte stelle ich in diesen Sommerferien meine eigenen Recherchen zur Rüstungsindustrie auf die Beine. Jessica hilft mir dabei, Unfassbares zu Tage zu fördern. Mittags klettern wir mit meinem Bruder auf den alten knorrigen Kirschbaum im verwunschenen Garten unserer Farm, pflücken dessen Früchte und genießen sie anschließend in dessen Schatten.

„Im Jahr 1950 lagen die Verteidigungsausgaben der USA inflationsbereinigt (zum Jahr 2003) bei rund 111,1 Milliarden US-Dollar, die der UdSSR bei etwa 118,4 Milliarden US-Dollar. In den Jahren des Kalten Krieges wuchsen die Verteidigungsausgaben immens: Bis zum Jahr 1985 stiegen die amerikanischen Ausgaben auf 419,1 Milliarden US-Dollar, die der Sowjetunion sogar auf 470,1 Milliarden.

Die steigenden Verteidigungsausgaben der beiden Supermächte waren mit massiver nuklearer Aufrüstung verbunden: So besaßen die USA im Jahr 1950 rund 379 Atombomben, während die UdSSR zu dem Zeitpunkt lediglich über fünf Atomwaffen verfügte. Im Jahr 1986 - bevor der INF-Vertrag zur nuklearen Abrüstung in Kraft trat - betrug die Zahl der amerikanischen Nuklearwaffen mehr als 23.250, während die Sowjetunion ihr Arsenal auf mehr als 40.700 Stück aufgerüstet hatte."

Bernhard Weidenbach, Verteidigungsausgaben der USA und der UdSSR bis 1990 (6.2.2020), URL: https://de.statista.com/statistik/daten/studie/935886/umfrage/verteidigungsausgaben-der-usa-und-der-udssr/ (Stand:15.10.2020)

„Zwischen 1950 und 1990 wuchs das Bruttoinlandsprodukt (BIP) der USA von mehr als 1,45 Billionen auf rund 5,8 Billionen Internationale Dollar an. Im selben Zeitraum stieg das sowjetische BIP von rund 510,24 Milliarden auf rund 1,99 Billionen Internationale Dollar an. Während sich das BIP beider Staaten demnach in dem Zeitraum rund vervierfachten, war die Wirtschaftskraft der USA der UdSSR zu jedem Zeitpunkt weit überlegen.

In beiden Staaten wuchs im Zeitraum von 1950 bis 1990 die Bevölkerungszahl erheblich. Dadurch zeigt sich, dass auch das BIP pro Kopf in den USA weit über dem BIP pro Kopf der Sowjetunion lag: Zwischen 1950 und 1990 wuchs das BIP pro Kopf in den Vereinigten Staaten von rund 9.561 auf 23.214 Internationale Dollar an, während im selben Zeitraum das sowjetische BIP pro Kopf von rund 2.834 auf 6.871 Internationale Dollar anstieg."

Statista Research Department, BIP-Wachstum in den USA und der UdSSR 1950-1990 (1.1.2001), URL: https://de.statista.com/statistik/daten/studie/ 935320/umfrage/bip-wachstum-in-den-usa-und-der-udssr/ (Stand: 15.10.2020)

Am ersten Tag nach den Sommerferien 1997 halte ich in meiner Klasse, die noch von den Ferien am Meer, am Pool oder Übersee träumt, mein kurzes Referat:

„Nach dem Zweiten Weltkrieg bis zum Ende des Kalten Kriegs stiegen die Rüstungsausgaben der ‚Supermächte' USA und UdSSR massiv an. Nach der Kubakrise 1962 gab es zwar sowohl im Westen als auch im Osten andere militärische Strategien, allerdings wollte Reagan in den 80ern mit dem Aufrechterhalten der Rüstungsspirale den Ostblock wirtschaftlich in die Knie zwingen.

Mit dem Zusammenbruch des Ostblocks gingen auf den ersten Blick die Argumente der Regierung für Rüstungsausgaben verloren. Allerdings war unser System, dessen Maschinen und Menschen, durstig nach Wachstum. Durstig nach Ressourcen. Diese mussten wir immer wieder unter Einsatz von Kriegsmaterial unter dem Vorwand verschiedenster Gründe – Putsch, Massenvernichtungswaffen, Demokratie-Export usw. – teuer erschließen. Nicht zuletzt der Einmarsch im Irak wurde mit diesen Motiven begründet. Großes Elend in der unschuldigen Zivilbevölkerung war Folge dieser dreisten Interventionen. Sich aus diesen tödlichen und chaotischen Verhältnissen ohne Perspektive auf Frieden auf die Flucht zu begeben ist da in meinen Augen tatsächlich nur naheliegend und nachvollziehbar."

Der Lehrer ist irritiert. Die Klasse schweigt. Die erste Reihe schaut auf den Boden. Nach diesem polarisierenden Referat schwanken meine MitschülerInnen zwischen Kriegsfaszination, Kriegsverherrlichung und Entsetzen. Besorgte andere Väter und Mütter rufen meine überraschten Eltern an.

Etwas friedlicher, aber keineswegs ohne massive wirtschaftliche Folgen, funktioniert das Saatgutgeschäft des besten Freundes meines Großvaters, Danny. Die Wochen auf der Farm meines Großvaters in den Sommerferien sind erholsam. Grillen zirpen, leichte Lüftchen bringen die umliegenden, Schatten spendenden Bäume zum Säuseln. An lauen Sommerabenden schlafe ich auf der Veranda liegend ein und werde dann ins Bett getragen. Als wissbegieriges und neugieriges Kind lausche ich im vorgetäuschten Halbschlaf den Gesprächen der Erwachsenen. Danny hat Oberarme wie ein Boxer und einen Nacken wie ein Stier. Auch am Abend noch hat er seinen Cowboyhut tief in die Stirn gezogen. Er berichtet meinem Großvater von seinem Geschäftsgang und den neuesten Expansionsplänen. „Wenn die nur einmal ihr Saatgut von mir beziehen, dann ist es für sie vorbei mit Alternativen! Preis, Qualität und Erntezuwachs sind so verlockend, da greift jeder zu. Garantiert! Und nach einer gewissen Zeit ist zwar der Boden von der Monokultur weniger nahrhaft, aber hey, den Dünger liefere ich dann aus Goodwill zu einem sagenhaft ‚rabattierten' Preis. Das mache ich doch gerne!" Und er bricht in schallendes Gelächter aus. Das Gelächter frisst sich als endloses Echo in meinen jungen Kopf hinein. In dem Moment begreife ich, dass das weder die feine Art ist, Geschäfte zu machen, noch auf Dauer gut für irgendjemanden sein kann. Die Geschichte zeigt erschreckende Parallelen zu den Warnhinweisen meiner Mutter vor Drogen und Drogendealern. Der Bauer wird vom Dünger für seinen Boden abhängig und sein Dealer, Danny, wird beliebig an den Preisen dafür schrauben.

Die Söhne der beiden Schwergewichte, also auch mein Onkel Tom, sind irgendwie clevere Kerle. Sie wittern immer schon sehr früh ein heißes Eisen und steigen deshalb direkt in Bankgeschäfte ein. Sie können wenig verlieren, haben sie doch vermögende Familien. Für sie ist ihr Job ein Spiel. Ein Wettkampf untereinander nach besseren Quartalszahlen. Schon das Denken in Jahresabschlüssen ist ihnen zu langfristig. Was für sie zählt, ist der Moment, der tägliche Thrill. Sie erzählen freudestrahlend, wie der entfachte Wettkampf sehr schnell auf Kollegen mit weniger gut situierten familiären Hintergründen überspringt. In den Augen der Anderen ist es die einzige Möglichkeit, schnell zu Geld und so zu Anerkennung in ihrem Umfeld zu gelangen – sodass sie hoffentlich in kürzester Zeit die Schulden ihres Studienkredits zurückzahlen können. Wir sind oft bei Onkel Tom. Mein Vater liebt einfach seine ansteckende Energie. Bei jedem unserer Besuche werde ich Zeuge von hektischen Telefonaten. Tom scheint jederzeit erreichbar zu sein und muss Tag und Nacht knifflige Entscheidungen treffen, wie er mir eines Tages erklärt: „Geld schläft nicht. Wenn die Börse in NYC schließt, öffnet eine andere Börse in einem anderen Teil der Welt. Aktien von europäischen Konzernen, die neue Quartalsberichte veröffentlichen und Staatsanleihen eines asiatischen Krisenstaats, der vor einem Bürgerkrieg steht, halten mich auf Trab. Termingeschäfte mit raren Rohstoffen in Afrika, die billig von Kindern in einsturzgefährdeten Minen abgebaut werden und jederzeit versiegen oder geschlossen werden könnten. Hochrisikobehaftete Hedgefonds! Wetten auf Erträge und die globale Preisentwicklung von Reis und Weizen – damit plage ich mich von früh bis spät herum. Schau, das ist ein bisschen so, als wenn du Uno und Oma dagegen Bingo spielt während meine Frau auf Rennpferde wettet."

Beim Zuhören verputze ich den hausgemachten Schokoladenpudding und erwidere in meiner naiven jugendlichen Art: „Auf lustige Rennpferde wetten oder auf Reis, den Menschen zum Essen und Überleben brauchen, das sind doch wirklich zwei verschiedene Dinge!" Da klingelt auch schon wieder das Telefon meines Onkels schrill und reißt uns aus diesem spannenden Gespräch.

In solchen Momenten begebe ich mich in die blühende Oase unseres urwüchsigen Gartens, um auf dem beruhigenden Kirschbaum zu schaukeln und zu überlegen. Ich schwinge im Wind und befreie meinen brummenden Kopf. Meine Gedanken kreisen jedoch weiter um das Gespräch mit Danny und ich erkenne die Dimension und Absurdität dieser Geschäftsmodelle. Dieses System beruht auf und funktioniert nur mit dem unwidersprochenen Glauben an unendliches Wachstum. Diese Praktiken erzeugen Abhängigkeiten, wie die Drogen vom Dealer, nur dass in den meisten Ländern Dealer für ihr Handeln in den Knast kommen.

Ich eile zurück in die Küche, um mit Jessica zu telefonieren und meine neuesten Gedanken zu sortieren: „Ohne LobbyistInnen, die durch Wahlkampfgelder massiv auf einzelne PolitikerInnen und deren Kurs einwirken, die von Interessen gelenkte Berichte und Studien zum Wohle der Öffentlichkeit erstellen lassen, hätten wir nicht eine vom Kapital getriebene Gesellschaft. Diese LobbyistInnen sind direkt in den Gremien vertreten, die Vorschriften und Gesetze erarbeiten, die schließlich uns alle betreffen. Und bringen sie dort ihr Fachwissen zum Wohle der Gesellschaft ein?! Nein, es geht ihnen nur um wirtschaftliche Interessen einer kleinen Elite und gar nicht um soziale Gedanken, geschweige denn den Zusammenhalt der Gesellschaft! Aber genau das möchte ich! Wie können wir das denn anpacken?"

Risse an der Oberfläche

Mein Vater ist der älteste Sohn und hat sich – pflichtbewusst wie er als Reserveoffizier nun einmal ist – in die Firmenangelegenheiten unseres Großvaters einspannen lassen. Noch während des bravourös absolvierten Wirtschaftsstudiums, das mein Vater mit Auszeichnung und als Jahrgangsbester abschloss, hatte er nicht nur in der Munitionsfabrik meines Großvaters am Fließband gearbeitet, sondern auch noch erfolgreich im College-Baseballteam als Pitcher seine Kräfte gemessen. Ein schwerer Maschinenunfall beendete diese Karriere allerdings abrupt. Johns Ehrgeiz und Antrieb, erfolgreich zu sein, blieben unerschütterlich. Politik interessierte und berührte ihn in jener Zeit in keinster Weise. Und erst kürzlich bei unserem letzten Treffen im Garten unseres Großvaters hat er mir unter dem knorrigen Kirschbaum erzählt, wie sich meine Eltern kennengelernt hatten:

„Absurderweise hatte ich deine Mutter in einem Buchladen kennengelernt. In einer seltenen Phase des Zweifels an meinem Tun suchte ich nach Hintergrundliteratur, die das Thema von Wirtschaftspolitik und Rüstungsindustrie in Zeiten des Kalten Kriegs beleuchtete. Dabei war ich aus Versehen mit einer anderen Kundin zusammengestoßen, Bücher purzelten wie Dominosteine der Reihe nach um. In dem heillosen Durcheinander wechselten wir beiden ein paar Worte und waren zugleich sprachlos. Deine Mutter drückte mir einen Flyer für einen Diskussionsabend in der Universitätsbibliothek in die Hand: ‚Eine Kriegsnation auf der Suche nach Frieden'. Es lag auf der Hand. Der wahrhaftige Teufel stand vor mir. Eine Friedensaktivistin! Sofort hatte ich mich Hals über Kopf in ihren Augen und ihrer Seele verloren!" Wir genossen die frischen Kirschen, während mir mein Vater weitere Details offenbarte:

„Den Sommer über trafen wir uns heimlich. An den Wochenenden brachen wir in der Stadt unabhängig voneinander zu gemeinsamen Wanderungen in den umliegenden Wäldern auf. Wir diskutierten die Weltlage kontrovers. Aus politischen Aktivitäten in der Öffentlichkeit hielt ich mich allerdings erstmal fern. Die Beziehung schaukelte mein Weltbild einem Erdbeben gleich durcheinander. Ich war weiterhin in führender Position in einer der größten Waffenschmieden des Landes tätig. Ich war in den Augen deiner Mutter die Verkörperung des Bösen schlechthin! An einem lauen Septemberwochenende fasste ich allen Mut zusammen und wisperte ihr zu: „Ich will dich meiner Familie vorstellen. Wir werden am Sonntag zur Farm meines Großvaters fahren – aber ich muss dich um einen Gefallen bitten: Erzähle nichts von deinen Aktivitäten und beginne keineswegs Gespräche über Politik! Wir sollten das, was wir zwei haben, was uns beide betrifft, nicht gefährden. Das geht vorerst niemanden etwas an!"

Der Erzählung nach verbrachten die beiden den Großteil des Sonntags im zaubervoll blühenden Garten. Nur für die Mahlzeiten ließen sie sich im Haus blicken. Sie flüsterten und tuschelten, was die Familie den beiden Turteltauben verzieh. Unter der Bedingung, dass er sich im Hintergrund hielt, versprach mein Vater meiner Mutter unter dem Kirschbaum, von nun an an Demonstrationen teilzunehmen. An der Demonstration am 23. September 1979 in New York City machte mein Vater meiner Mutter einen Heiratsantrag mit einem Plakat, auf das er geschrieben hatte: „Jodie! One day love will turn our world into peace. Will you marry me?" Meine Mutter glaubte an das Schicksal, und dass sie erst ihn und dann die Welt retten könne.

Ihre Hochzeit im sonnigen New Yorker Sommer 1980 stelle ich mir als glamouröses Fest vor. Die Szenerie gleicht jener, die wir alle aus Mafia-Filmen kennen. Limousinen und Fahrer auf der Kiesvorfahrt. Große Bodyguards mit Sonnenbrillen an den Grundstücksgrenzen und Schusswaffen im Halfter unter dem Sakko. Die DrahtzieherInnen der Waffenindustrie, PolitikerInnen und andere UnternehmerInnen geben sich die Klinke in die Hand. Der Familienhund *Bigboy* Ruhe suchend vor der Garage im Schatten liegend. Frische Erdbeerbowle, spritziger Champagner, Martini mit Olivensticks und ein gegrillter Ochse auf dem Spieß. Umwerfende Blumensträuße und riesige Geschenkpakete mit textilen Riesenschleifen stapeln sich im Wohnzimmer. Mütter und Kinder tollen um den Pool herum, eine Kapelle spielt zum Tanz auf. Mein Großvater hält eine sehr kurze zweideutige Ansprache: „Wir leben, um zu wachsen und wir wachsen, um zu leben! Willkommen in der Familie, Jodie! Hoch die Tassen!"

Der erste Schnee nach der Hochzeit bringt frohe Kunde. Das Familienunternehmen ist in Erwartung einer neuen Generation! Im Sommer 1981 erblickt mein Bruder das Sonnenlicht dieses wundervollen Planeten. Mit den nächsten Herbststürmen beginnt die Reise meines zweiten Bruders und ich folge ebenfalls nur ein Jahr später als Frühlingskind zur Kirschblütenzeit. Meine Mutter widmet sich ihrer neuen Aufgabe voll und ganz. Schon früh beginnen wir Kinder, miteinander zu spielen. Ich erinnere mich, wie meine beiden Brüder, vielleicht drei- und vierjährig, Clown spielen. Die zwei sind meine beiden Privat-Clowns und bringen mich Zweijährige dermaßen zum Lachen, dass meine Mutter mehrmals meint, ich weinte herzzerreißend. Die Jungs passen allerdings auf ihre kleine Schwester wie auf ihren eigenen Augapfel auf und lassen mich erstaunlicherweise bei allem dabei sein. Meiner Mutter ist das auch heute noch rückblickend aus zwei Gründen wichtig: Erstens will sie hin und wieder Ruhepausen haben, um sich mit politischen Themen zu beschäftigen. Und zweitens ist es ihr ein wichtiges Anliegen, zu leben und zu lehren, was sie für eine bessere Welt hält: gleichberechtigtes Miteinander in allen Lebenslagen. Wir haben eine so gute und intensive Geschwisterbeziehung, dass mich Puppenspiele tatsächlich nicht sonderlich interessieren. Klettern, Räuber und Gendarm, BMX fahren und Baseball spielen sind mehr mein Ding.

Die ersten Babyjahre kann meine Mutter nicht mehr so häufig an Aktivitäten ihrer FreundInnen teilnehmen. Sie vergräbt sich stattdessen in Bücher und diskutiert deren fundamentalen und für die damalige Zeit provokativen Inhalte und die Ungerechtigkeit der herrschenden Weltordnung mit meinem Vater. Kontroverse hochbrisante politische Diskussionen am Esstisch sind nun an der Tagesordnung, von denen ich mich nur an seltsame einzelne Worte erinnern kann. Seine Zweifel an seinem Tun werden genährt und stürzen meinen Vater mehr und mehr in eine Sinnkrise. Wie könnte er diesem Dilemma bloß entkommen? Meine Mutter spürt glücklicherweise die Tragik, die dadurch im Alltag meines Vaters um sich greift und die Diskussionen verlieren von Monat zu Monat an Schärfe und Häufigkeit, bis sie ganz abgestellt werden. Denn die fragile junge Familie kostet beide Etliches an Energie. Es wird Jahre brauchen, bis beide eine Antwort darauf finden, wie sie dieses Dilemma, diesen ihren Spagat zwischen Krieg und Frieden, mit einer fundamentalen Entscheidung auflösen können.

Die Situation eskaliert jedoch unvermittelt an einem regnerischen Junitag im Jahre 1988. Meine Eltern und meine Brüder stehen auf dem Samstagsmarkt an einem Obststand. Ich entdecke als Erste die süße Verlockung: „Kirschen, rote Kirschen! Opas Kirschen! Ich will sie, jetzt, jetzt, jetzt!" Fünfjährig im vollen Trotz schmeiße ich mich auf den nassen Asphalt, denn ich will unbedingt diese Kirschen und zwar jetzt! Damals konnte ich meine Mutter noch nicht verstehen. Mit ihrer ruhigen und sachlichen Art hat sie mir seit früher Kindheit meine Fragen an die Welt beantwortet. Und auch in dieser alltäglichen aber nervenaufreibenden Situation sprach sie geduldig zu uns Kindern: „Diese Kirschen werden importiert. Das heißt, sie werden mit einem Flugzeug aus Ungarn von weit her zu uns gebracht. Das kostet viel Treibstoff. Außerdem entstehen so Monokulturen in den Anbaugebieten. Das bedeutet, dass dort nur diese eine Sorte von Bäumen gepflanzt wird. Andere Pflanzen sowie Tiere, die eben eigentlich andere Pflanzen brauchen, treffen so keine Lebensbedingungen an und verschwinden mehr und mehr. So nimmt die Artenvielfalt ab – und die wiederum brauchen wir alle, um unsere Nahrungsketten aufrecht zu erhalten. Außerdem bringt der Export von Ungarn in die USA den Bauern bzw. Händlern in Ungarn dermaßen viel Gewinn ein, dass der Kirschpreis auf Ungarns Märkten stark anzieht und sich ungarische Kinder kaum noch Kirschen leisten können. Das finde ich nicht fair und deshalb möchte ich das nicht mit meinem Geld unterstützen."

Strukturelle Scheiße

Meine Kindheit im New York der achtziger Jahre ist berauschend, glamourös und zugleich von strukturellem und alltäglichem Rassismus geprägt. Es fehlt mir an nichts: Meine materiellen Wünsche werden täglich erfüllt. Wir verreisen auf entfernte karibische Inseln, machen dort Bootsausflüge zu einsamen Stränden und Höhlen. Wir gehen mit ortsansässigen Fischern für prächtige Fische auf hoher See angeln, planschen mit Luftmatratzen im Pool der gemieteten Villa, unternehmen Strandspaziergänge bei Sonnenuntergang und speisen jeden Abend in einem anderen teuren Strandrestaurant. Es gibt kunterbunte Geburtstagsfeste in unserem großen Garten mit allen meinen Freunden mit riesigen Torten, Hot Dogs und hausgemachter Zitronenlimonade. Im Sommer werden Sonntage zu Grilltagen erklärt, Nachbarn, Freunde und Familie kommen bei laut aufgedrehter klassischer Musik vom Plattenspieler zusammen. Meine Brüder und ich besuchen mit unseren Eltern Konzerte, Theater und Museen. Ich verkrieche mich regelmäßig in der öffentlichen Bibliothek und genieße privaten Klavierunterricht zu Hause. Unsere Nachbarschaft ist eine von jenen, die jeder als „sicher" bezeichnen würde. In meinen Schulklassen befinden sich außer mir nur weiße Mittelschicht-Kids. Ich gehe beinahe als verwöhntes Kind durch.

Meine Eltern vermitteln mir einen respektvollen und interessierten Umgang mit allen Mitmenschen. Aus meiner Nachbarschaft kenne ich vor allem Jungs. An der Schule, nehme ich mir als Sechsjährige vor, werde ich endlich auch Freundinnen finden. Denn ich kann mir denken, dass bei manchen Dingen auch eine Freundin nützlich sein wird. Auch deshalb freue ich mich auf die Schule. An den ersten Schultagen versuche ich, in den Pausen mit den Mädchen meiner Klasse, die im Schatten Seil springen, ins Gespräch zu kommen. Die Versuche verlaufen zäh. Ob es meine forschen Antworten im Unterricht sind, meine Hautfarbe oder weil ich neu in dieser Gruppe bin, während sich die anderen schon aus dem Kindergarten kennen, kann ich damals noch nicht wissen. Nur dank meiner Hartnäckigkeit schaffe ich es dann endlich im Herbst, mich zwei der Mädchen, denen rückblickend wohl auch von Anfang an eine gewisse Außenseiterrolle zugeschrieben werden kann, anzuschließen. Rita hat kurze Haare wie ein GI und lebt alleine mit ihrer Mutter, nachdem ihr Vater verstört aus dem Irakkrieg zurückkehrte und sich in den Straßenschluchten unserer Stadt verlor. Luisa hat eine dicke Brille und entspricht nicht gerade der gesellschaftlich goutierten Ideallinie, die uns schon von klassischen Disneyfilmen, der permanenten Werbeberieselung und in trendbestimmenden Frauenmagazinen vermittelt wird. Nachdem wir in den ersten Schulwochen Hänseleien über uns hatten ergehen lassen müssen, wissen wir uns zu dritt gegenseitig zu verteidigen und beschließen schon bald einen innigen Freundschaftspakt. Entsprechend bin ich als Schülerin jedes Mal von Neuem und zutiefst enttäuscht, wenn ich bei jenen, die ich im Schulhaus zu meinen Freundinnen zählte, nicht zu ihrer Geburtstagsfeier eingeladen werde – und diese bzw. ihre Eltern auf meine Einladung an sie mit einer Absage reagieren. Hänseleien nehmen bis zum Ende der Highschool kein Ende. Abfällige Bemerkungen und Rempler im Korridor, ungeahndete Sticheleien im Unterricht und ekelhafte Streiche, in denen tote Mäuse, Schmierereien am Spind und an der Schulhofmauer eine Rolle spielen, geben den LehrerInnen und der Schulleitung zwar immer wieder Anlass zur Unterbrechung des ansonsten dahinplätschernden Schulalltags – allerdings ohne ernstzunehmende Konsequenzen für die nicht ermittelten TäterInnen. Es sind diese versteckten und offenen symbolhaften Zeichen im Alltag, die nur schwer zu ertragen sind und die weiterhin wie ein Gift in der Luft unserer Städte und Dörfer schweben und tagein tagaus ihre nachhaltige Wirkung entfalten.

Wieder einmal hält mich eine Polizeistreife an. Ich bin mit dem gepflegten Mercedes meiner Mutter auf dem Weg zum Basketballtraining, als die Sirene hinter mir ertönt. Mein Tacho zeigt die erlaubten 40 mil/h an und ich bin mir keines Vergehens bewusst. Ordnungsgemäß behalte ich die Hände am Lenkrad, nachdem ich sicherheitshalber die Zentralverriegelung betätigt habe. Ein Beamter des New York Police Department steigt langsam aus seinem Fahrzeug. Er kommt mit schweren knirschenden Schritten auf dem bröseligen Asphalt auf mein Auto zu. Er verkündet eine allgemeine Verkehrskontrolle und fordert mich auf, ihm meinen Führer- und Fahrzeugschein auszuhändigen und das Fenster zu öffnen. Ich kurbele jedoch nur die Scheibe soweit herunter, dass ich die Dokumente durch einen Fensterschlitz überreichen kann, wie es mir meine Mutter wieder und wieder erklärt hat. Wieder einmal ist offensichtlich, dass ich auch diese Kontrolle nur meiner Hautfarbe verdanke. Es gibt keinen begründeten Verdacht, mich anzuhalten, da ich keine Ordnungswidrigkeit begangen hatte. Die Tatsache, dass ich als nichtweiße Jugendliche einen hellblauen Oma-mäßigen Mercedes durch diese gepflegte Gegend kutschiere, passt für ihn nicht zusammen. Der kann nur gestohlen sein, da sich Bürgerinnen wie ich ja rein statistisch gesehen aufgrund ihres Durchschnittseinkommens so ein Auto gar nicht leisten können. Ich beantworte weitergehende Fragen des Beamten nicht, sondern erkläre ihm wieder und wieder: „Sie haben alle notwendigen Unterlagen, um ihre Überprüfungen durchführen zu können." Nachdem der Beamte nach langen zehn Minuten endlich beruhigt ist, glücklicherweise die Dokumente prüft und nicht mich mit vorgehaltener Pistole zum Aussteigen zwingt, suche ich mit ihm das Gespräch: „Sie kennen sich sicherlich mit Statistiken aus. Ich möchte Ihnen nur kurz in zwei Minuten meine Gedanken zu den letzten fünfzehn Minuten mitteilen, da Sie Ihre Aufgabe ja abgeschlossen haben. Wussten Sie, dass durch *Redlining* in Zonenplänen die wirtschaftliche Benachteiligung der nicht-weißen Bevölkerung verfestigt wurde? Zwischen 1934 und 1968 wurden 98% der staatlichen *Home Loans* an Weiße vergeben. Nicht-Weiße wohnten beinahe ausschließlich in *Redline*-Bezirken, in welche keine *Home Loans* vergeben wurden. Die Grundstückspreise in den Vierteln der Weißen stiegen, sie verkauften, kauften ein größeres Haus mit einem neuen *Home Loan* und häuften so über die Jahre immer größere Vermögen an, während Nicht-Weiße auf der Stelle traten. In den sich entwickelnden Vierteln der Weißen entstanden Läden, Geschäftszentren, und dadurch stiegen die Grundstückswerte weiter an. Weiße Familien konnten nun gewinnbringend ihre Grundstücke verkaufen, ihre Kinder zum College schicken und gaben so ihr Vermögen weiter in die nächste Generation. Währenddessen veränderte sich an der Situation der Nicht-Weißen: nichts. Schließlich, 70 Jahre später, wurde diese Zonenplanpraxis für illegal erklärt. Aber ohne Vermögen konnten die Nicht-Weißen nicht aus ihrer Armutsfalle heraus. Viertel blieben weiter segregiert. Die den Vierteln zugewiesenen Schulen werden heutzutage durch Grundstücksteuern finanziert. Das bedeutet, dass Schulen in Weißen-Vierteln mehr Geld für Materialien, LehrerInnen und Einrichtungen zur Verfügung haben und entsprechend Schulen in Nicht-Weißen-Vierteln massiv unterfinanziert sind. Die

Benachteiligung und Segregation verfestigten sich somit immer noch."

Meine Eltern hatten mich schon früh auf solche Situationen vorbereitet. Ruhe bewahren, freundlich bleiben, keine hektischen Bewegungen. Tun, was nach Gesetz notwendig ist, nicht mehr. Und nach Abschluss einer Kontrolle versuchen, das Gespräch zu suchen, um Verhaltensmuster und ihre Ursprünge aufzuzeigen und so hoffentlich über Jahre einen Wandel herbeizuführen (der stete Tropfen höhlt den Stein).

Mein erster Freund *Matthew* ist ein riesiger Dallas-Cowboys-Fan. Seine Baseballkappe ist auf seinem Kopf angewachsen und ohne seine dünne Baseballjacke mit dem Emblem auf der Rückseite wird man ihn nie antreffen. Das Herbstlaub wirbelt in all seinen leuchtenden Farben durch die Straßen und heftige Regenschauer wechseln sich mit warmen Sonnenstrahlen ab. Zu dieser Jahreszeit treffen wir uns am liebsten im *Café Nuke* an der Kreuzung 47th Street in Downtown, um anschließend gemeinsam zum Training zu fahren. Das Café hat nicht nur wahnsinnig gute frische Obstsäfte und Kaffeeschweinereien, sondern ist vor allem durch die Aktivitäten des Gründers *Jim* in der Anti-Atomkraft-Bewegung bekannt wie ein bunter Hund. Jim ist immer für eine Diskussion am Tresen zu haben. In der alten Vitrine neben dem Eingang verkauft er keineswegs Andenken oder Kaffeetassen, sondern Anti-Atomkraft-Pins und -Sticker sowie Literatur, die über die wirtschaftlichen Zusammenhänge, gesundheitlichen Folgen, politischen Agenden, gesellschaftlichen Auswirkungen und wissenschaftlichen Erkenntnisse zur Atomkraft und zu Atomwaffen aufklären. An einem ungemütlich regnerischen und wolkenverhangenen Nachmittag kämpfe ich mich mit meinem Fahrrad und Ge-

genwind hierher. Ich kann immer noch nicht glauben, was ich das erste Mal über „externalisierte" Kosten lese. Kosten, welche eigentlich vom Hersteller eines Produkts in seinen Verkaufspreis eingepreist werden müssen, da beispielsweise die Produktion Kosten verursacht, die er dann aber auf die Allgemeinheit abwälzt. Im Bereich der Atomverstromung tritt dieses Vorgehen besonders deutlich hervor. Aber es ist die Negierung dieses „Verursacherprinzips", das in die Systematik der global vorherrschenden Wirtschaftsordnung – dem Kapitalismus – eingebaut ist. Sie steht zudem in direktem Zusammenhang mit der unkontrolliert um sich greifenden Globalisierung. Es existieren zwar rechtliche Rahmenbedingungen und Handelsabkommen für den internationalen Waren- und Geldfluss, aber diese begünstigen einseitig wirtschaftlich getriebene Interessen. Eine gleichwertige Berücksichtigung der wehrlosen Flora und Fauna sowie des Menschen als Teil einer global verstandenen sozialen Gemeinschaft findet nicht statt. Ohne die Negierung des Verursacherprinzips wäre dieses System bei Weitem nicht so ausbeuterisch, und das Ungleichgewicht in der Welt und in den Gesellschaften würde sich nicht weiter zuspitzen.

Meine Diskussionsbeiträge im Unterricht werden von Jahr zu Jahr provozierender. Neue LehrerInnen nehmen dies zum Anlass, mich zu ignorieren, meine Fragen abzuwürgen oder sogar im Geschichtsunterricht zu äußern, sie wollten dort mit Amerikanern diskutieren. Sie fordern mich sogar auf, doch bitte andere Kurse zu besuchen. Genau das mache ich natürlich nicht. Jeden einzelnen dieser rassistisch motivierten Vorfälle bringe ich beim Schuldirektor umgehend zur Sprache. Seine unglaubliche Antwort: „Ja, mein Fräulein. Was soll ich denn nun tun? Wenn da jeder zu mir wegen jeder Kleinigkeit käme, wo kämen wir denn dahin?" Auch der Vertrauenslehrer ist bei diesem Thema überfordert und meint: „Das hat er sicherlich nicht so gemeint. Wechseln Sie doch einfach den Kurs, dann haben Sie und wir alle unsere Ruhe." Hat dieser Lehrer seine Aufgabe nicht verstanden oder ist dieser alte Herr Teil eines riesigen Problems? Trotz des *Civil Right Acts* von 1964 gibt es offensichtliche Nachwehen aus der Zeit der Rassentrennung. Ich werde weiter das knirschende Salz im System bleiben!

Katastrophen und Kritik

Der Traum der Menschheit von der Kontrollierbarkeit der Welt durch den technischen Fortschritt zerschellt im Januar 1986. Das Space-Shuttle *Challenger* explodiert auf seinem Rückweg vom Mond in fünfzehn Kilometer Höhe. Meine Brüder hatten zum Geburtstag eine Mondraketenabschussbasis und eine Raumstation geschenkt bekommen. Meine Aufgabe ist seitdem, jeweils den Ignition-Countdown zu zählen – so gut ich es mit meinen drei Jahren eben kann – und dann beim Start, Flug und der Landung die ganze Zeit zu jubeln. Mit der Explosion der Challenger ändern wir auf einen Schlag unser Spiel. Statt Abenteuer: Katastrophe. Statt zu landen explodiert nun jeweils das Spielzeug-Space-Shuttle und ich jubele nicht mehr. Die AstronautInnen in ihren Schutzanzügen wirbeln durch unser Spielzimmer und die Feuerwehrautos und Krankenwagen meiner Brüder sausen mit Blaulicht und Sirenen zum großen Rettungseinsatz. Die verletzten Astronauten und Astronautinnen werden von uns aus den glühenden Trümmern geborgen und in unser Krankenhaus im Papas Arbeitszimmer gebracht. Den Couchtisch funktionieren wir schneller Hand zum Operationssaal um. Im Wechsel legen ich und mein jüngerer Bruder uns auf den gefliesten kalten Couchtisch oder assistieren unserem älteren Bruder als KrankenpflegerIn bei seinen aufwändigen Not-Operationen mit Tupfern, Holzstöckchen, Verbandszeug und Spielzeugmessern.

An einem Tag im Frühling 1989 brechen sich Sonnenstrahlen durch die ersten Triebe in den Baumkronen Bahn, die von aufgeregt zwitschernden Vögeln bevölkert sind. Nach Schulschluss und dem Schulsport stromern wir durch unseren großen Garten und suchen nach einem guten Standort für ein neues Baumhaus. Wir entscheiden uns für den alten weit verästelten Haselnussbaum, der etwas versteckt hinter den zierlichen Kirschbäumen vor Jahrzehnten seine Wurzeln geschlagen hat. Holen Reste von Holzbrettern und Zaunlatten sowie Werkzeuge aus der Garage und legen los. Am Abend steht im Garten unserer Eltern eine „ungenehmigte" kleine Holzhütte, fast wie bei *Tom Sawyer* und *Huckleberry Finn*. Wir sinken von der harten Arbeit und der vielen frischen, angenehm kühlen Frühlingsluft völlig erschöpft in die Sofalandschaft unserer Eltern, als verstörende Bilder unser sicheres und trautes Heim in Elend tränken: In Alaska ist der Öltanker *Exxon Valdez* verunglückt und löst eine Umweltkatastrophe sondergleichen aus. Die Bilder der kilometerlangen Ölpest an der Küste, die in Schweröl ertränkten, verklebten, verendenden Vögel und Meerestiere brennen sich in meine Netzhaut ein und verfolgen mich in den folgenden Wochen sogar in meinen Träumen.

Kurz darauf an einem gewöhnlichen Wochentag flimmern in der Küche beim Frühstück unscharfe, entsättigte ruckelnde Bilder über unseren Fernseher. Uns erreichen schockierende Szenen aus dem fernen Peking während mein Vater uns saftige Schulbrote schmiert. Unsere Mutter bereitet frischen Obstsalat vor und gießt aus einem drei-Liter-Kanister industriell abgefüllte, hellgelbe Eiflüssigkeit in die Bratpfanne, um fluffiges Rührei zum Frühstück vorzubereiten. Zu meinem Entsetzen sehe ich: Panzer gegen Menschen. „Die Regierung schlägt jetzt den Aufstand der aufbegehrenden studentischen Kräfte mit aller Gewalt nieder.", verliest der Nachrichtensprecher. Für meine Brüder und mich liegen diese Bilder außerhalb unserer Vorstellungskraft. „Regierungen müssen sich doch um das Wohl der Bürger kümmern. Das ist doch der Auftrag, den sie durch ihre Wahl von den Bürgern übertragen bekommen haben.", führt mein eloquenter großer Bruder aus. Unsere Mutter erklärt uns auf der Fahrt zu Schule und Kindergarten das politische System in China: „Es gibt Länder in der Welt, die sich zum Ziel gesetzt haben, dass alle Dinge brüderlich, gleich und gerecht unter allen BürgernInnen aufgeteilt werden. Allerdings hat das zur Folge, dass diese BürgerInnen die Verlockungen, die es in anderen Ländern gibt, nicht kennenlernen dürfen. Und das geht nur, indem die Freiheit des Reisens, des Denkens und des Redens eingeschränkt wird." Das ist für uns schon schwere Kost und ich überlege laut: „Mama, mir gefällt die Idee, dass wir Menschen wie Geschwister alles gleich und gerecht untereinander aufteilen. Und ich möchte auch weiter im Schulunterricht meine Meinung sagen. Ich kann mir nicht vorstellen, dass wir in den Ferien nicht auf die Bahamas reisen könnten. Und vor allem will ich doch mit meinen Freundinnen für eine rosarote Zukunft kämpfen!"

Dann: Grauenhafte Bilder des *Ersten Golfkriegs* zwischen den USA mit Alliierten und dem Irak. In der ganzen Welt finden Blockaden, Demonstrationen und Protestaktionen statt. Nur zufällig nehmen wir über die Verknüpfungen meiner Mutter in der globalen Friedensbewegung wahr, dass in Deutschland sogar ganze Schulen mit LehrerInnen und SchülerInnen geschlossen auf die Straße gehen. Davon bin ich als neugieriges zehnjähriges Mädchen tief beeindruckt und bohre deshalb bei meiner Mutter immer weiter nach. Denn seit ich mich erinnern kann, will ich schon immer den Dingen auf den Grund gehen. Untersuche Ameisen, Marienkäfer, tote Vögel und jede neue Pflanze, die mir bei unseren seltenen Streifzügen durch die Natur begegnen, eingehend, um ihre Unterschiede, Vorzüge und Eigenarten besser zu verstehen und kennenzulernen. Somit steht für mich der Entschluss sehr schnell fest, sobald wie möglich für ein Austauschjahr in meiner Highschoolzeit nach Deutschland zu gehen. In das Land der Dichter und Denker.

„Dies ist nicht Amerika!", dröhnt mir aus dem holzvertäfelten Partykeller mit Karibik-Fototapete von Marcos Eltern entgegen. 1998 brodelt es in der Musiklandschaft und eine deutsche HipHop-Szene entsteht. Die *Absoluten Beginner* sind die angesagten Helden aller meiner deutschen SchulfreundInnen in Hamburg-Eppendorf. Welch eine aufregende und glückliche Zeit für mich Fünfzehnjährige! Vier Jahre Deutsch an der Highschool, meine Sprachbegabung und mein Fleiß erlauben mir einen schnellen Einstieg in dieses Abenteuer fern meiner Heimat. Erste Teenager-Partys mit Kirsch-Bananen-Saft und schrecklich laute, schrammelige Konzerte in den Jugendzentren dieser Stadt elektrisieren meine Seele. Improvisiert, aber authentisch und tiefsinnig reißen sie mich in einen schier endlosen Strudel zwischen Herzschmerz und politischer Nachdenklichkeit. Trotz all der Feierei packt mich das erste Mal in meinem Leben der Unterricht eines Geschichtslehrers. Kein Herunterbeten von Jahreszahlen, Aufzählen von Schlachten und Aufsagen von Präsidenten und Regierungen, sondern das Erarbeiten von historischen Zusammenhängen mit einem globalen Blick auf soziale und politische Ereignisse und kulturelle und wirtschaftliche Zustände zeigen mir, wie wichtig das Verständnis der Vergangenheit für unsere Begegnung mit der Gegenwart ist.

„Ich kann wieder sehr viel lernen; vor allem, daß das Volk meistens viel primitiver ist, als wir uns das vorstellen. Das Wesen der Propaganda ist deshalb die Einfachheit und die Wiederholung. Nur wer die Probleme auf die einfachste Formel bringen kann, und den Mut hat, sie auch gegen die Einsprüche der Intellektuellen ewig in dieser vereinfachten Form zu wiederholen, der wird auf die Dauer zu grundlegenden Erfolgen in der Beeinflussung der öffentlichen Meinung kommen."

Joseph Goebbels, 29. Januar 1942, Goebbels Tagebücher aus den Jahren 1942-43, hg. Louis P. Lochner, Atlantis Verlag Zürich 1948, S.62

Die aufklärerische Offenheit der Institution Schule gegenüber einer abscheulichen Vergangenheit im eigenen Land öffnet mir die Augen.

Die Musik-AG des Gymnasiums leitet eine junge Lehrerin. Sie hat während eines Auslandssemesters im bunten San Francisco die friedlichen Proteste gegen den Ersten Golfkrieg hautnah miterlebt und mitgestaltet. Diese wertvolle Erfahrung hat sie in ihrer Überzeugung bekräftigt, sich für eine friedliche Welt einzusetzen und dies an ihre SchülerInnen weiterzugeben. Sie bekräftigt uns alle, kritisch zu denken und ermutigt uns, sich ebenso für eine friedliche Welt zu engagieren. Sie könnte eine jüngere Schwester meiner Mutter sein. In dieser bunten fröhlichen AG stellen wir uns regelmäßig gegenseitig unsere Lieblingslieder vor. Wir diskutieren und interpretieren die Liedtexte, probieren uns ausgelassen an verschiedenen Instrumenten und haben am Ende eines Nachmittags eigene Versionen arrangiert.

Mein Freund Zecke schlägt „Das Goldene Stück" von *Wizo* vor, das von da an zu unserem lebenslangen Sommerhit mutiert:

„Ihr fetten Schweine sitzt in Bonn und lasst es euch gut geh'n,
Während all die Menschen, die euch glaubten, vor die Hunde geh'n
Ihr habt sie belogen und seid dabei nicht mal rot geworden,
Ihr habt damit Schuld am Hass, an der Gewalt und den Morden

Und wenn jetzt die braune Nazibrut gegen Minderheiten hetzt,
Gießt ihr Öl ins Feuer und ihr ändert kurz das Grundgesetz
Und der kleine Vollidiot mit seinem Brandsatz in der Hand
Fühlt sich als legitimer Rächer seines Vaterlands

Das goldene Stück Scheiße geht an euch,
Denn ihr habt es echt verdient!
Ihr habt hart dafür gekämpft und deshalb sollt ihr es auch haben -
Das goldene Stück Scheiße geht an euch!

In den letzten Jahren bist du viel herumgereist
Und hast manchen Flugplatz auf der Welt geküsst!
Jedes Jahr auf deinem Open-Air am Petersplatz
Hast du immer einen tollen Spruch gewusst!
Du kennst deine Bibel aus dem Kopf und weißt, dass darin steht,
Dass Verhütung eine Sünde ist und deshalb nicht erlaubt
Und noch immer sterben Kinder, weil sie nix zu fressen ha'm,
Doch wehe dem, der nicht an deine Lügen glaubt!

Das goldene Stück Scheiße geht an dich,
Denn du hast es echt verdient!
Du hast hart dafür gekämpft und deshalb sollst du es auch haben -
Das goldene Stück Scheiße geht an Dich!

Scheißsolo!

Das goldene Stück Scheiße geht an dich (und auch an mich)
Denn wir sabbeln hier noch immer nur blöd rum
Wir bleiben doof und sterben dumm
Und ha'ms besser nicht verdient
Durch jammern ist noch niemals was passiert

Das goldene Stück Scheiße geht an uns,
Denn wir ham's uns es echt verdient
Wir ha'm noch immer nichts getan
Und deshalb solln wir es auch kriegen -
Das goldene Stück Scheiße geht an uns!

Ja, das goldene Stück Scheiße geht an mich
Denn ich habs mir echt verdient
Ich habe hart dafür gekämpft und deshalb will ich es auch haben!
Das goldene Stück Scheiße, ja das goldene Stück Scheiße, das goldene Stück
Scheiße geht an mich...

Lala"

WIZO, Das Goldene Stück, auf: Uuaarrgh!, Hulk Räckorz (1994);
live am Taubertal Festival am 4.9.2016 ab Minute 14:52, URL:
https://www.youtube.com/watch?v=dDB-LVYLoXU.
(Stand 15.10.2020)

Heute betreibt Zecke einen Foodtruck mit veganen Gerichten. Im Winter brutzelt er vor Messehallen, Kegelbahnen, Firmensitzen und Wintergärten bei Weihnachtsfeiern, Festbanketts, Hochzeiten und Firmenjubiläen das Catering. Im Sommer blüht er auf und genießt seine Freiheit unter freiem Himmel. Er tuckert mit seinem alten verbeulten Foodtruck von Festival zu Festival. Der Sommer 1994 hat uns zusammengeschweißt, auch wenn ich wieder in die USA zurückgekehrt bin. Wir sind Seelenverwandte und sprechen uns regelmäßig am Telefon. „Kein Blut für Öl!" ist unsere Abschiedsformel.

KAPITEL 2: Auf Risiko leben!

„Wir, die Leute, die Gas geben, die die Zeit haben, die das Geld haben, wir müssen uns einbringen, wir sind der Staat."

> Christoph Gröner, in: *Wenn schwerreiche Populisten in die Politik streben* *(15.5.2018), URL: https://www.heise.de/tp/features/Wenn-schwerreiche-Populisten-in-die-Politik-streben-4049070.html?seite=all (Stand: 15.10.2020)*

Natur pur!

Schon in der *Highschool* wird mir klar, dass ich nicht in die Fußstapfen meines Vaters treten will. Rüstungsindustrie passt einfach nicht in mein Weltbild. Bislang habe ich meinen Vater noch nicht überzeugen können, seine Fabriken zu schließen. Ich bin auf der fiebrigen Suche nach alternativen Betätigungsfeldern.

Am *College* entspricht alles entsetzlicherweise den bekannten Stereotypen. Bis zuletzt hatte ich gehofft, dass die Realität nicht den Geschichten Hollywoods entspräche. Aber es ist wohl tatsächlich so, dass das richtige Leben die besten Geschichten in die Drehbücher schreibt. Eigentlich ist das alles ziemlich lächerlich, wenn es nicht so traurig wäre: Mädchen, kaum am College angekommen, lassen sich abfüllen, Jungs protzen mit ihren Autos, Muskeln und Trinkgewohnheiten. Es ist mir einfach zu billig, so offensichtlich und durchschaubar. Lernen wird als notwendiges Übel abgetan, und statt den Dingen auf den Grund zu gehen und sie zu begreifen, lernen die meisten stur auswendig. Endlich den Fittichen unserer Eltern entkommen, haben wir die Freiheit, unsere Zeit mit den Dingen zu verbringen, die wir wirklich gerne machen und die wir als sinnvoll erachten. Aber, alles was diesen Trotteln einfällt, ist, über das College, die ProfessorInnen, andere Studierende und das Wetter in Michigan zu nörgeln und zu lästern.

Glücklicherweise treffe ich am ersten Tag in der letzten Sitzreihe auf zwei gleichgesinnte Zeitgenossen: *Ellen* kommt aus der Nähe von Boston. Sie liebt Klaviermusik und ist mit einem Haufen Tieren groß geworden. Ihre Eltern führen die örtliche Apotheke im Erdgeschoss ihres Geburtshauses. Ihre Hausaufgaben erledigt sie im Büro hinter dem Kassentresen und so bekommt sie die harte Realität früh mit. Einen ungefilterten Einblick in die Sorgen und Nöte beinahe aller Einwohner ihrer Kleinstadt. Wenn beispielsweise ein langjähriger Patient all sein Hab und Gut für eine Behandlung mit einem teuren Medikament zu Geld machen muss. Eltern sich die Fieberzäpfchen für ihr Kind kaum leisten können und sich zwischen Benzin für das Auto, das sie für die Fahrt zu ihrem Job brauchen, Lebensmitteln für sie alle und der Medizin für ihr Kind entscheiden müssen. Was kann ein Arbeiter des örtlichen Atomkraftwerks für seine Krebserkrankung? Sie empfindet vieles als ungerecht. *Franky* hingegen ist ganz anders aufgewachsen: Sohn eines Computerspezialisten der ersten Generation. Seine Mutter war bei einem Autounfall gestorben, sodass sein Vater alleinerziehend, mit großzügiger Hilfe seiner Schwiegereltern, den Jungen zu einem selbständigen und selbstverantwortlichen Bastler großgezogen hat. Großvater, Vater, Sohn – alles Eigenbrötler in ihrem Metier. Nach dem frühen Tod seiner Mutter kümmert sich Franky vorerst um alle Tiere in seiner Nähe: Er versucht, sie zu reparieren – fehlende Spinnenbeine, traurig blickende Hunde, gestutzte flugunfähige Enten, faule Esel. Für alles hat er eine Behandlungsidee. Später beginnt er mit „Reparaturversuchen" in seiner kleinen Praxis im Kinderzimmer. Patienten sind von nun an seine Cousins und Cousinen. Die Wege von Ellen und Franky waren nicht vorgezeichnet, aber beruhen auf frühen kindlichen Erfahrungen.

„Wir waren keine Träumer, wir waren Realisten – aber wir glaubten an die Möglichkeit, die momentanen Zustände positiv verändern zu können.", erzähle ich noch heute meinen Kindern, wenn sie fragen, wie es soweit hatte kommen können.

Gleich am ersten Abend auf dem Unicampus verabreden Franky, Ellen und ich uns zum gemeinsamen Kochen. So feiern wir unseren Start in den neuen Lebensabschnitt mit einem anständigen Rotwein, knabbern Erdnüsse und kochen eine exzellente Gemüselasagne. Während ein wundervoller Duft dem alten Gasofen entströmend ein herzhaftes und sättigendes Mal verspricht, setzen wir uns auf die morsche Holztreppe der alten Veranda im Vorgarten. Wir beobachten das Treiben auf der Straße: Der joggende kaputte Manager mit Knopf im Ohr, die erschöpfte ältere Dame auf Gassigang mit ihrem weißen Königspudel, die unbekümmerten Skater auf dem Heimweg vom Skatepark. Ausgelassene Studierende in ihren von Papi gesponserten Cabriolets, nervlich angespannte Familien in ihren klimatisierten Vans und SUVs. Hektische Handwerker hupend mit ihren schwer beladenen Pick-ups und übernächtigte Mütter mit ihren Kindern auf dem Rücksitz im mit ihren Wocheneinkäufen vollgepackten Kleinwagen aus dem Vorstadt-Fachmarkt-Center.

Unsere Gedanken und Gespräche kreisen an diesem lauschigen Sommerabend wie Planeten und Kometen auf Kollisionskurs. Von der Euphorie dieses besonderen Sommertags befeuert, malen wir uns eine fantastische und aufregende Zukunft aus. Uns alle überrascht die Offenheit und Vertrautheit, die sich unter uns innerhalb weniger Stunden entwickelt hat. Wir sind uns auch erstaunlich schnell darüber einig, was alles schief läuft in unserem Land und in dieser Welt – und dass es an der Zeit und an unserer Generation ist, viele Dinge anders anzugehen.

Endlich, an einem Freitagnachmittag in spätsommerlicher Atmosphäre – die meisten befinden sich schon im Wochenend-Party-Modus – findet das erste Mal der langersehnte Debattierclub statt. Wir sammeln uns unter einem großen alten Kirschbaum auf der frisch gemähten, leicht abschüssigen Wiese neben der Auffahrt zum College-Hauptgebäude. Eine große runde Sitzbank bietet Platz für gut zwanzig Studierende. Aus ihr erwächst ein massives Rednerpult, sodass der Redner immer auch Teil der Zuhörer ist und sich alle beim Diskutieren sehen können. Mit fünfzehn Mitgliedern ist der Club gerade noch überschaubar und alle können sich in die Diskussionen tatsächlich einbringen. Thematisch bewegen wir uns die ersten beiden Nachmittage eher in seichten Gewässern. Auf dieses Geplänkel müssen wir drei unbedingt reagieren. Wir müssen etwas anstoßen, bevor lokale Themen und Befindlichkeiten die wichtigen Themen der Zeit in diesem Kreise übertünchen. Wir wollen tiefgreifende, grundlegende Diskussionen führen und an den Grundfesten und Einstellungen von uns allen rütteln. Wir wollen nicht nur die Bildungs- oder Energiepolitik eines Bundesstaats hinterfragen, sondern das ganze System, die Welt, wie sie als gegeben scheint.

Erfreulicherweise gelingt es uns, nicht nur zwei andere Kommilitonen neugierig zu machen, sondern auch den Ehrgeiz unseres Professors zu wecken, der als Biologe rein interessenshalber den Debattierclub organsiert. Er ahnt wohl, dass hier etwas nicht Alltägliches seinen Lauf nimmt: „Eure Intelligenz und euer rhetorisches Geschick wird euch eines Tages Kopf und Kragen kosten oder nach ganz oben katapultieren!", wirft er uns beim Hinausgehen am dritten Nachmittag hinterher, nachdem wir eine Brandrede gehalten haben.

So beginnen Ellen, Franky und ich an jedem Freitagnachmittag, die Themen zu setzen: von Handelsabkommen, globalen und lokalen Märkten, Rohstoffen, industrialisierten Nahrungsmittel über das Gesundheitssystem, die Waffenindustrie, Krieg und Frieden und all die Zusammenhänge. Wir schärfen unsere Sinne und lernen, unsere Argumentationen vom Ende her zu entwickeln – möglichst an alles zu denken und alles zu durchdenken. Meist setzen wir die Diskussionen abends beim gemeinsamen Kochen oder Grillen fort. Im Herbst beginnen wir, Samstagmorgens bepackt mit dem Nötigsten sowie Zelt und Schlafsack mit dem Bus aus der Stadt rauszufahren und in der Umgebung zu wandern. Vor der Dämmerung schlagen wir unser Zelt auf, kochen gemeinsam etwas Einfaches, Frisches und lassen ein paar Tropfen fruchtigen Wein auf unseren Zungen zergehen. Wir genießen diese Zeit in der Natur und lauschen den Tieren im Wald. Am Morgen lassen wir uns von keckem Vogelgezwitscher wecken. Wir erleben den Wechsel der Jahreszeiten hautnah mit und versuchen sogar im ersten Jahr beim ersten Schnee unser Zelt aufzuschlagen. Nachts wird es allerdings so kalt, dass wir nicht nur mit voller Montur, Mütze und Handschuhen schlafen müssen, sondern unsere Schlafsäcke zusammenschließen und uns gegenseitig in den Armen haltend wärmen.

Der Professor meines Literaturkurses, Mr. White, legt – das zeichnet sich schon bei der ersten Vorlesung ab – seinen Schwerpunkt auf die Viktorianische Epoche der Englischen Literatur. Semibegeistert schnappen wir uns *The Time Machine* von H.G.Wells und *Das Bildnis des Dorian Gray* von Oscar Wilde. Inhaltlich schneiden diese Bücher zwar gesellschaftliche Themen an und wir beginnen, ihre Relevanz in Bezug zur heutigen Situation und den *American Dream* zu untersuchen – aber all dies scheint uns angesichts der so dramatisch angespannten sozialen, ökonomischen und ökologischen Situation vor der eigenen Haustür absolut unzureichend. Wir wollen den Blick auf konkrete Probleme richten und Verständnis für notwendige Änderungen und eigenes Engagement schaffen – und verharren im Unterricht leider auf einer fachlich-literarischen Ebene.

Enttäuscht und mit sichtbar hängendem Kopf berichte ich daher meiner Mutter von meinem Frust im Literaturkurs und freue mich umso mehr über ihre Antwort: „Polly, ich hab da was für dich! Als ich noch in der Friedensbewegung aktiv war, habe ich über die Jahre eine beachtliche Sammlung an Büchern angehäuft! Als Teenager war das noch nichts für dich. Damals dachte ich, dass dich die Themen zwar interessieren, aber der Inhalt dich noch nicht mitgerissen hätte. Mal warst du in dich gekehrt, im nächsten Moment voller Elan, aber ich glaube, aus ganz anderen Gründen." Umso mehr erfreut mich nun rückblickend ihre damalige Geduld mit mir als noch eher aufrührerischem und nachdenklichem Teenager und die Tatsache, dass sie nun den richtigen Moment erkennt und mir Woche für Woche ein kleines Päckchen mit jeweils einem ihrer geschätzten Bücher schickt. Kleine Notizzettel deuten die Bottom-Line eines jeden Buches an und befeuern beim Öffnen der Päckchen meine Neugier – fast wie als kleines Kind am Weihnachtsmorgen. Nach und nach wird mir klar, wie sehr Friedenspolitik, Gleichberechtigung, Kapitalismus und Naturschutz miteinander verbunden sind. Die sofort verschlungenen Bücher reiche ich jeweils tags drauf an Ellen und Franky weiter. Und wir verlieren uns in diesen Büchern, die wir wissbegierig in uns einsaugen. So eignen wir uns jenes Wissen an, welches unsere persönliche Entwicklung Tag für Tag befeuert. Nach kurzer Zeit entscheiden wir, jeweils verschiedene Schwerpunkte unserer Lektüre zu setzen und uns dann anschließend gegenseitig über neue Erkenntnisse, Thesen, Fakten und Theorien auszutauschen. So sparen wir Zeit und erreichen gemeinsam sehr schnell ein tiefes Verständnis für viele Themen. Einiges war schon ein alter Hut, aber immer noch nicht in der Breite und Tiefe bei uns angekommen. Im Literaturkurs regen wir deshalb nach ein paar Wochen hochmotiviert und euphorisiert an, im Wechsel mit Klassikern auch kritische Gegenwartsliteratur und wichtige Sachliteratur in den Diskurs aufzunehmen. Die müden Augen unseres angegrauten Professors erkennen sofort unser Feuer und er räumt uns zu unserer Überraschung einen Freiraum ein: „Ok, ich zwacke die ersten zehn Minuten meiner Vorlesung am Donnerstag ab, in denen ihr ein Buch vorstellen dürft." Ellen erwidert verzückt: „Professor White, das sind großartige Neuigkeiten! Dann haben wir aber heute Abend gleich etwas vor, Polly und Franky!" Wir drei sind aus dem Häuschen! Uns ist sofort klar, wie wir diese Chance nutzen müssen. Denn eine umfangreiche Vorarbeit haben wir ja schon geleistet. Es ist wundervoll. Nun können wir unsere analytischen Fähigkeiten und unser Redetalent weiter schärfen – und dabei Herzensangelegenheiten weiteren Studierenden schmackhaft machen.

Die Kirschbäume verlieren ihre Blätter. An diesem Tag kontaktiert Ellen, auf Anregung meiner Mutter, den örtlichen Buchladen unweit des Campus. Der Inhaber ist von unserer Idee begeistert:

„Wisst ihr, über die Jahre wird ein jeder träge. Eine lange Zeit hatte ich jungen AutorInnen eine Plattform für Diskussionsrunden und Leseabende geboten. Diese Abende sind dann irgendwann unter die Räder gekommen. Ich finde es klasse, wenn sich junge Menschen engagieren wollen. Ich kann euch meine bescheidenen Räumlichkeiten gerne zur Verfügung stellen und hoffe, dass wir mit unserem Wirken im Kleinen immer wieder Denkanstöße geben können." Von Januar an findet nun also unser monatlicher Buchabend statt. Für die ersten Veranstaltungen gewinnen wir jeweils einen unserer Professoren für konstruktive und erkenntnisreiche anschließende Diskussionen. StammkundInnen, ein paar ältere NachbarInnen, KünstlerInnen, Studierende und Forschende finden sich jeweils ein. Es ist nicht viel los an Mittwochabenden in unserer Stadt und das Angebot stößt tatsächlich auf Interesse, zumal jeweils eine provisorische Bücherbar mit günstigen Getränkepreisen einen zusätzlichen Anreiz ergibt. In dieser freundschaftlichen und gemütlichen Atmosphäre entwickeln sich erstaunlich offene Gespräche mit Unbekannten und entstehen neue Bekanntschaften. Ab und an berichtet die Lokalpresse oder kündigt eine Veranstaltung an. Unser Selbstvertrauen steigt und wir beginnen, lokale und regionale PolitikerInnen, AktivistInnen, AutorInnen und Forschende einzuladen. Standpunkte prallen aufeinander, mitunter entstehen hitzige Diskussionen. Das Format entwickelt eine Dynamik, strahlt in die Stadt aus und wird zur Saat einer Bewegung, die einige Jahre später aufblühen soll.

„Erst wenn der letzte Baum gerodet, der letzte Fluss vergiftet, der letzte Fisch gefangen ist, werdet ihr merken, dass man Geld nicht essen kann." Dieser starke Satz der Vorkämpferin für indigene Rechte in Kanada, *Alanis Obomsawin*, wird innert kurzer Zeit zu meinem persönlichen Mantra. Obwohl diese Worte als Indianische Weissagung der *Cree* oder der *Osage* zugeschrieben werden, so hat Franky sie in einem von meiner Mutter zugeschickten Essayband „Who is the Chairman of This Meeting?" von 1972 aufgeschnappt, in dem Alanis vom Autor damit zitiert wird.

Nur der Einklang von Natur und Kultur wird uns langfristig ernähren. Die Entkopplung von Ernährung und unserer Wirtschaftsordnung ist ein Schlüssel zum Erhalt unserer Lebensbedingungen. So wird mein Blick auf das Thema Ernährung und Nahrungsmittelproduktion gelenkt und weckt mein tiefes Interesse.

Mal was starten

Das erste Studienjahr entwickelt sich sagenhaft und wir brennen Feuer und Flamme für alles, was da kommen wird. Wir drei sprühen schier vor Energie und stacheln uns gegenseitig an. Die elende Prüfungszeit geht schnell vorbei und unsere Köpfe rauchen nach diesen intensiven Monaten. Trotz aller Tragik, der wir uns angenommen haben, sind wir motiviert, nicht nur weiterzumachen, sondern auch wichtige Entscheidungen zu treffen:

Für das zweite Studienjahr fassen wir unterschiedliche Hauptfächer ins Auge. Ich stürze mich also in die Agrarwissenschaften mit Nebenfach Ernährungswissenschaften. Ellen beginnt, sich mit unserem Rechtssystem auseinanderzusetzen und Franky erfüllt sich den langersehnten Traum, Medizin zu studieren. Nun stehen wir inhaltlich in Theorie und Praxis neuen Herausforderungen gegenüber, lernen Anatomiesäle und den menschlichen Körper, Rinder- und Weizenfarmen sowie Gerichtssäle und die Fachbibliotheken von innen kennen. Die letzten Monate haben uns aber dermaßen zusammengeschweißt, dass wir an unseren freitäglichen Kochabenden festhalten und so oft wie möglich gemeinsam Wandern und Zelten gehen. Für Veranstaltungen im Buchladen bleibt uns leider weniger Zeit, sodass wir um die Unterstützung neuer Studierenden froh sind und mit großer Freude diese lodernde Fackel weiterreichen.

Im dritten Studienjahr ergibt sich für mich nach einer Studienreise durch Asien die Möglichkeit eines Austauschsemesters und die Mitarbeit an einem konkreten Forschungsprojekt des Lehrstuhls in Singapur. Der asiatische Kulturraum hat mich aufgrund seiner wirtschaftlichen Dynamik und gleichzeitigen kulturellen Ruhe, die beide im Alltag spürbar sind, schon seit jeher fasziniert. Singapur liegt so zentral, dass andere Orte und Länder nur einen Katzensprung weit entfernt sind. „Wir waren schon immer daran interessiert, unsere Autarkie weiterzuentwickeln – und Ihre Ideen und Ihre Erfahrung werden uns dabei eine große Hilfe sein!", hatte der Staatschef zur Begrüßung der ausländischen Studierenden in die Fernsehkameras gesprochen. Mit Aufnahme der wissenschaftlichen Zusammenarbeit und Partnerschaft mit der *Eidgenössischen Technischen Hochschule Zürich* wurde in Singapur ein neues Kapitel aufgeschlagen. In der Ferne vermisse ich meine beiden engsten Freunde trotz regelmäßiger nächtlicher kurzer Telefongespräche durch knackende und rauschende Leitungen und mit nervigen Unterbrüchen. Insbesondere die bereichernden Koch- und Gesprächsrunden, die in unserer gemütlichen kleinen Küche beinahe schon als legendär zu bezeichnen waren, fehlen mir in den tropischen Nächten. Ich sprühe zwar vor Energie und Fröhlichkeit als selbstbewusste Studentin, aber es ist wohl offensichtlich, dass ich meine Gang vermisse.

Nafia spricht mich darauf als Erste an: „Polly, ich lernte schon in jungen Jahren, was es heißt, seine Familie und Freunde zurückzulassen, denn dank einer engagierten Lehrerin hatte ich Zugang zu einem Schulhaus in meinem Dorf erhalten und war dann als Dorfbeste in die Stadt zum Gymnasium geschickt worden." Sie kann also aus Erfahrung sprechen, als sie zu mir sagt: „Fremd und alleine sein ist richtig ätzend. Fremd sein mit Leidensgenossinnen ist nur noch halb so schlimm. Fremd sein mit einer Verbündeten verleiht einem doppelte Kraft!" Daraufhin verbringen wir den ganzen Nachmittag und Abend zusammen und erkunden das Labyrinth dieser Stadt. Wir lassen uns durch Parks, Cafés, Buchläden treiben. Der Einfluss unterschiedlicher asiatischer Kulturen prägt diese Stadt und verleiht ihr eine eigenartige, aber wundervolle wilde Note. Welten prallen kontrastreich aufeinander, ungewohnte Düfte durchziehen ganze Straßenzüge. Straßenverkäufer grillen Kleingetier auf selbstgebauten Rosten. Händler schneiden Melonen im Minutentakt für die durstige Kundschaft. Kokosnüsse werden unter Freudenschreien aufgeschlagen. Am Abend essen wir in einem kleinen Imbiss, den nur Anwohner des Stadtviertels aufsuchen. Wir verständigen uns mit Händen und Füßen und verschlingen hungrig nach diesem anstrengenden Stadtspaziergang das leckerste Essen meiner bisherigen Reise in Asien. Danach stürzen wir uns direkt ins Nachtleben, das allerdings von Touristen überrannt wird. Verzweifelt halten wir Ausschau nach einem Tanzlokal, das unserem musikalischen Interesse entspricht. Aber es ist aussichtslos. Rummelplatzmusik, Dorfdisko und amerikanische Charts schallen uns laut und schreiend entgegen. Elektronische, asiatisch angehauchte Klänge oder HipHop sind nicht angesagt. Entsprechend setzen wir unsere Wanderung fort und stellen fest, dass Singapur wohl nie wirklich schläft oder sehr spät zu Bett geht. Eine erwachende Stadt hat mich schon immer beglückt: Wir sind im Financial District beim Hafen gestrandet, als das große Wuseln der Trader, HedgefondmanagerInnen und AnalystInnen einsetzt. Nafia und ich genießen den Sonnenaufgang auf dem Sonnendeck des *Marina Bay Sands Hotels* am Hafen. Gemeinsam begrüßen wir den neuen Tag mit dem Sonnengruß. Ohne Umschweife mit einem Kaffee in der Hand gehen wir direkt zur ersten Vorlesung des Tages über europäische landwirtschaftliche Anbaumethoden des 19. Jahrhunderts.

Im Stadtstaat Singapur selbst gibt es natürlich nahezu keine Agrarwirtschaft. Aber gerade aufgrund dieser Importabhängigkeit im Nahrungsmittelsektor misst die Regierung dem Ausbau von Forschung zu diesem Thema eine hohe Priorität bei. Es geht um die Kernfrage, ob sich eine Stadt selbst mit Lebensmitteln versorgen kann. Der dichten Bebauung begegnen einige Bauherren mit ersten zaghaften Projekten wie die grünen „Gärten in der Luft", die allen Hausbewohnern zur Verfügung stehen und auch gewisse positive Effekte auf das Stadtklima haben sollen. Ob auf solchen Terrassen auch Reis angebaut werden kann oder anderes Gemüse? Welche Mengen könnte das ergeben? Müssen Städte anders gedacht und geplant werden oder können sie für diese neuen Bedürfnisse umgebaut werden? Können die technischen und logistischen Herausforderungen solcher Vorhaben bewältigt werden? Wird es gelingen, Investoren mit genügend Kapital und offenem Mindset für derlei Überlegungen zu gewinnen, um solche Ansätze in der Praxis testen zu können? Jeder andere hätte dies wohl für eine völlig absurde Aufgabe gehalten und gar nicht erst mit der Arbeit begonnen, da seit Menschengedenken Nahrungsmittelproduktion mit fruchtbaren Böden verknüpft ist. Unsere Böden hier in Singapur bestehen aus Asphalt, Beton, Glas und liegen nicht in der Horizontalen, sondern stehen in der Vertikalen.

Im Gegensatz zu den USA, wo die industrielle Land- und Viehwirtschaft im Fokus meines agrarwissenschaftlichen Studiums steht und diese mit Biologen und Chemikern auf kurzfristige Ertragsmaximierung zur weltweiten Expansion getrimmt wird, arbeiten wir an der *National University Singapore* tatsächlich an ganz anderen Stellschrauben. Mit Stadtplanern, Geologen, Meteorologen, alten

Bauern, Fischern und Ernährungswissenschaftlern entwickeln wir innerhalb eines Jahres eine holistische Strategie, Teilkonzepte und realisieren erste Tests. Es herrscht eine einmalige Stimmung in diesem international zusammengestellten Team, von dessen inspirativer Kraft ich mein Leben lang schöpfen werde. „Wenn wir unsere Idee nur ansatzweise in dieser Stadt beweisen können, dann arbeiten wir gerade an einer bahnbrechenden Veränderung zur Reduktion des Impacts der menschlichen Zivilisation auf den Planeten. Wir reduzieren wirtschaftliche Abhängigkeiten und unsinnige Transporte, verhindern weiteres Auslaugen und die Erosion fruchtbarer Böden, bringen Produktion und Konsum wieder zusammen und ermöglichen ein angenehmeres Stadtklima!", erwidert *Pavel* auf meine kurzzeitigen Zweifel an der ganzen Sache. Pavel ist ein nachdenklicher, ruhiger und angenehmer Zeitgenosse. Neben der gemeinsamen Arbeit als studentische Mitarbeiter am Lehrstuhl gilt unser gemeinsames Interesse dem Joggen, sodass wir schon nach kurzer Zeit beinahe täglich unsere Runden im nah gelegenen Stadtpark drehen. Pavel erzählt von den Anstrengungen, die es ihn und seine Familie gekostet hat, als erster seiner Familie studieren zu können. Seine besorgten Eltern, die einfache Hilfskräfte auf dem Großmarkt in Krakau waren, drängten ihn, ein aussichtsreiches Bauingenieurstudium zu absolvieren. Während des Studiums beschäftigte sich Pavel intensiv mit Industriebauten und während seines Praktikums arbeitete er an zwei großen Projekten mit: Er plante in seinem Team eine riesige Fabrik, die Schweine züchten, schlachten, veredeln und dann auf dem osteuropäischen Markt vertreiben soll. Dazu konzipierte er ein Gewächshaus, das mit Kunstlicht über mehrere Geschosse mit verschiedenen klimatischen Bedingungen vollautomatisiert zahlreiche Gemüsesorten produzieren würde.

Frühmorgens am 11. September 2005 erzähle ich meinem Bruder von der Idee meines ersten Start-ups, welche ich in den vergangenen Monaten in mir habe gären lassen: eine Ernte-zu-Markt-Software für urbanes skalierbares Farming. Sie optimiert die Logistik im Stadtgebiet. „Hierbei werden Wetterdaten mit Erntemengen und Verkaufsmengen der verschiedenen Standorte und Privatlieferungen zusammengetragen, über einen Algorithmus ausgewertet und zur optimierten, also schnellsten und kürzest möglichen Feinverteilung mit Lastenvelos verwendet. Daraus können wir ebenfalls Prognosen für Anbau- und räumliche Expansionspotentiale und Routenoptimierungen gewinnen." Hierbei wäre mein jüngerer Bruder, der sich im Informatikstudium zu verlieren droht, eine große Hilfe. Nur dank seiner Programmierfähigkeiten und Überzeugungskraft in seinem Freundeskreis kann ich dann tatsächlich die Idee weiterverfolgen und technisch anpacken. Der Zufall verhilft uns zur Realisierung in der Praxis:

Im regnerischen Seattle lancieren wir mit Unterstützung eines regional bedeutenden Saatgutherstellers, den wir auf einer Agrarmesse in Michigan kennengelernt haben und dessen junger Geschäftsführer ohne Zögern das Potential der Idee des urbanen Farmings erkannt hat, eine gemeinsame Kampagne. Diese wird schon nach kurzer Marktpräsenz von Achtungserfolgen gekrönt: Wir gewinnen regionale Wirtschaftsförderpreise, haben schon bald genügend TeilnehmerInnen für unseren ersten Feldversuch beisammen und können unsere Beta-Version ausrollen. Wir vernetzen damit direkt Produzenten und Konsumenten, Angebot und Nachfrage. Wir kurbeln die regionale und damit saisonale Nahrungsmittelproduktion an. Dazu versuchen wir, die Vorteile dieser kleinteiligeren Vorgehensweise unseren Mitmenschen näher zu bringen. Aber der notwendige Skalierungseffekt will und will nicht einsetzen. Die Anbaumethoden der semiprofessionellen Produzenten und Laien auf kleinen Flächen im Stadtgebiet sind einfach nicht effizient genug, stellen wir fest. Der Selbstversorgungsgrad verharrt auf einem kleinen Anteil. Unserem Return of Investment schenken wir ebenfalls zu wenig Aufmerksamkeit und finanziell bringt uns die ganze Übung keinen Schritt weiter. Wir können nichts re-investieren. Wie können wir also eine höhere Produktivität erreichen und mit der Geschichte vielleicht noch unseren Lebensunterhalt verdienen?

Im Grünen Haus?

Unsere Achtungserfolge in Seattle sprechen sich über die Jahre bis in höchste Kreise in das *United States Department of Agriculture* herum: Die Freundin des zuständigen Referenten des Präsidenten stammt aus Seattle und sie erzählt ihm von dem Projekt, bei dem ihre als Kleinproduzentin beteiligte Großmutter enthusiastisch mitmacht. Die Weitsicht der Idee leuchtet dem Referenten sofort ein. Wie beiläufig erläutert er in einem passenden Moment zwischen Tür und Angel mit wenigen Worten Präsident Barack Obama die Wichtigkeit von Unternehmertum und Erfindergeist für die USA anhand dieses einen Beispiels aus Seattle. Es scheint den Präsidenten tatsächlich zum tieferen Nachdenken angeregt zu haben, denn ein paar Monate später lässt er seinen Referenten wissen, dass er beabsichtige, *mich* ins Weiße Haus einzuladen.

Mein erster Versuch eines Start-ups im Nahrungsmittelbereich scheiterte schon vor fünf Jahren. Zwischenzeitlich habe ich einen Eight-to-Five-Job im staatlichen Gesundheitsdienst von Detroit angenommen. Meine Freizeit widmete ich aber weiter meinem Herzensthema und promovierte an der *University of Michigan* an der *School for Environment and Sustainability.* So bin ich über diese präsidiale Einladung einigermaßen überrascht – aber ich freue mich natürlich riesig über diese unglaubliche Chance.

Mein Besuch bei *Barack Obama* im August ist von Neugier, großem Interesse und gegenseitigem Respekt gezeichnet. Entspanntheit und Offenheit prägen das Gespräch vom ersten Moment der Begegnung. Meine Nervosität verfliegt innert Sekunden und schlägt in Gelassenheit um. Wir trinken ein Glas hausgemachte Zitronenlimonade aus facettierten Gläsern und reden freundschaftlich, so, als ob er ein Bekannter aus Zeiten unserer Gartengrilltage in New York sei und sich mit dem zwischenzeitlich erwachsen gewordenen Kind, das ich damals ja noch war, spricht. Er bohrt sich mit Fragen und Nachfragen durch meine gesamten akademischen Studien.

„Go ahead, what's on your mind? What are the obstacles if you wanna start a business in the USA today?"

Ich berichte umfassend und auf den Punkt. Sowohl unsere Erkenntnisse aus dem interdisziplinären Forschungsprojekt in Singapur als auch die administrativen Hindernisse und alltäglichen Herausforderungen, mit denen ich mich während meiner Unternehmensgründung konfrontiert sah, sind wertvolle Hinweise für Barack Obama. Für Privates bleibt dabei kaum Raum – nicht in diesem kurzen vertraulichen Gespräch, aber auch nicht während der aufreibenden Gründungszeiten in Seattle. „Vielen Dank für diesen tiefen Einblick in die Schwierigkeiten, denen sich Gründer in diesem Land stellen müssen. Leider stehen mir aktuell und auch nicht in den kommenden Jahren Mittel oder Wege zur Verfügung, die diese Situation wirklich verbessern könnten." Ich schlussfolgere für mich und alle Frauen, dass die momentanen Rahmenbedingungen, um gleichberechtigt hochgesteckte Karriereziele zu verfolgen, eine solide Familiengründung ausschließen. Mein Entschluss, befeuernder Teil einer Agrar-Revolution zu sein, ist mit einem Kinderwunsch somit nicht vereinbar. Ich sage ihm zum Abschied ins Gesicht:

„I understand the situation you're in, Mr. President. And I really am sorry for you. I can't start a family if I want to live out my dreams. But I'll do this for everyone."

Er stimmt dem nicht zu, widerspricht mir aber auch nicht. Alleine die Einladung in dieses Zentrum der Macht und das wirkliche und nicht nur oberflächliche Interesse dieses mächtigen Menschen stacheln meinen Ehrgeiz erneut an. über die nächsten Monate beginnt eine neue Idee in meinem Kopf zu reifen.

Keine zwei Jahre nach diesem ausgiebigen Gespräch zu meinem brachliegenden Agrar-Software-Start-Up im Speziellen und den Rahmenbedingungen für Gründer in den USA im Allgemeinen lanciert Barack Obama seine Entrepreneur-Initiative im Januar 2011.

Und noch mal was Neues versuchen

Im April 2010 ist es soweit: Meine ausgiebigen Recherchen führen zu neuen Gedanken. Es ist nur logisch, eine Stufe tiefer ins Urban Farming einzusteigen. Was wir brauchen, sind Anbaumethoden, die im engen städtischen Kontext außerordentlich ertragreich wären. Workarounds, die auf Fähigkeiten und Begabungen der nichtprofessionellen Produzenten zugeschnitten sind, Synergien und sinnvolle ökonomische sowie ökologische Kreisläufe. Dazu vielleicht Kurse, die wichtiges Fachwissen in Grundzügen vermitteln. Zusammengefasst, etwas, das die Farm ins städtische Wohnhaus bringt. Und die Möglichkeit, unsere Überlegungen direkt mit unseren Nutzern auszuprobieren.

Der Tag, als Detroits Autoindustrie stirbt, ist zugleich der Moment, an dem der Abgesang auf die fossilen Industrien einsetzt – und kollektive Ideen zur Hilfe zur Selbsthilfe immer größere Kreise ziehen. Es ist der Beginn einer Bewegung, die über das Anpflanzen von Gemüse hinauswachsen soll.

Das wundervoll wuchernde Grün wird zum Gegenbild des hässlich um sich greifenden Krebsgeschwürs Finanzkapitalismus. Seine zerstörerischen Energien haben die Realwirtschaft ereilt und deutlich sichtbar wildern, klauben, treiben und spülen seine Kräfte das Kapital in die Rachen weniger gieriger Menschen. Statt diese Gelder sinnvoll wirken zu lassen, hüten sie diese oder bringen sie dort zum Wetteinsatz ins Spiel, wo sie glauben, noch mehr aus dem Penny quetschen zu können. Der realen Wirtschaft fehlt zum Wirtschaften der Zugang zum Geld, Notenbanken pumpen frisches, erfundenes Geld in den Geldkreislauf und das Geld kommt bei uns allen gar nicht an, denn es findet sich – oh Wunder – im Rachen der ja schon Vermögenden. Zum Beispiel im Hals meines Vaters. Mit steigender globaler Ungleichheit und Ungewissheit nimmt das allgemeine und zwischenstaatliche Unsicherheitsgefühl zu, weshalb aus Worten Drohungen, aus Drohungen Taten und aus Taten Reaktionen entstehen. Die Spirale der Gewalt dreht sich munter und benötigt Waffen allerorten, die mein Vater selbstverständlich frei Haus liefert.

Die Dynamik, öffentliche Anerkennung und Wirksamkeit der Pflanzer-Bewegung beeindrucken mich tief. Stadtflucht setzt ein, Häuserzeilen stehen leer, verfallen. Die Spannung zwischen Abbruch und Aufbruch liegt in der Luft wie eine Fata Morgana. Der nächste Tag ist nie gewiss. Nachbarschaften eignen sich ganze verlassene Straßenzüge an, pflügen diese um und verwandeln sie in grüne Oasen. Der Enthusiasmus der einfachen Leute ist hochansteckend (was bleibt ihnen auch anderes, wenn sie hierbleiben wollen oder müssen). Sie sind die neuen Siedler, die permanenten Abenteurer und neugierigen Forscher in ihrer eigenen Stadt. Aus all diesen Gründen entscheide ich mich daher intuitiv, dass Detroit unsere neue Heimat und unser städtisches Experimentierfeld werden soll.

Zwei Jahre lang treiben wir nun schon unter den klimatisch harten Bedingungen Detroits unser analoges Projekt voran. Die mediale Präsenz Detroits neuer Gärten spielt uns MitstreiterInnen aus Europa in die Hände. Sie bringen verlorenes und neues Wissen aus dem alten Europa mit: Bei der Anbaumethode *Permakulturgärten* beispielsweise werden verschiedene Gemüse-, Kräuter- und Obstsorten sogar vertikal geschichtet gepflanzt, sodass eine effizientere Bodennutzung, ja, in Kombination mit Dreifelderwirtschaft statt der üblichen Monokulturen sogar ein höherer Ertrag in Menge und finanzieller Hinsicht pro Quadratmeter möglich wird. Zudem werden die Gewächse systematisch in derlei Kombinationen gesetzt, dass bspw. Schädlinge auf natürlichem Wege ferngehalten werden und gegenseitig nach Bedarf Verschattung entsteht.

Mit *Aquaponic* befassen wir uns ebenfalls. Dabei wird eine Hydropflanzkultur mit einer Fischzucht kombiniert. Den Dünger liefern die Fische gleich mit. Die Hydrokultur wiederum reinigt das Wasser für die Fische. Ein gut funktionierender Kreislauf, der zwar ein hohes Investment benötigt, aber der gängigen industriellen Landwirtschaft einen kreislaufbasierten kleinen Bruder zur Seite stellt: Ab einer gewissen Größe entstehen ökonomisch gut machbare, kontextspezifische Projekte auf kleinen und großen Dächern, in Gärten, auf Brachflächen. In Europa sind schon erste Anlagen in Betrieb genommen worden.

Dann geschieht etwas Fantastisches: Am 1. Mai 2013 – dem Tag der Arbeit – formiert sich in Detroit spontan der *Grüne Block*. Die Bewegung hat eine Botschaft. Aber wer führt die Bewegung an? Reicht eine Idee? Braucht es führende Stimmen? Welche Wirksamkeit könnte eine wortstarke Persönlichkeit entfalten? Wie schnell könnte diese Bewegung Veränderungen in Gang setzen?

KAPITEL 3: Jetzt mal im Ernst!

„Democracy means that the future is open, and it is up to us to create it. "

Marc Purcell, For Democracy: Planning and Publics without the State, in: derive no. 69 Demokratie (2017), S. 43; Bezug: https://derive.at/zeitschrift/69/

L.A. Disput

„Detroit always comes back!", twittert Barack Obama im Januar 2015. Und ich erwarte, dass er auch der Stadt, die sich dermaßen wandelt, einen Besuch abstatten wird. Aber ich liege falsch. Er fährt nur zu den Ford-Werken und spricht vor den ArbeiterInnen. Ermutigt von meinen Forschungsarbeiten und den Ereignissen der letzten Monate auf den Straßen Detroits kontaktiere ich dennoch den Präsidenten der USA und hoffe, mich erneut mit ihm austauschen zu können. Ich werde keine Antwort erhalten.

Aufgrund meines Studiums in Singapur werde ich im Februar 2016 in die wissenschaftliche Delegation der USA berufen, die am Summit der *Association of Southeast Asian Nations* und den USA in Los Angeles teilnehmen solle. Beiläufig – dem Zufall sei Dank – begegnen wir uns kurz im Korridor der Konferenzräume. Der Präsident erkennt mich erstaunlicherweise wieder und erkundigt sich nach meinem Befinden. Ich ergreife meine Chance und spreche langsam, deutlich und energisch: „In Detroit beginnt die grüne Revolution! In den Gärten, auf den Straßen und vor allem – am allerwichtigsten – in den Köpfen! Es entsteht eine Bürgerbewegung und ich habe den Eindruck, wenn die Regierung der USA zum jetzigen Zeitpunkt neue

Wirtschaftsfelder anstößt, dann kommen wir dem Wunsch nach einem friedlichen Miteinander in diesem Land und auf der ganzen Welt einen großen Schritt näher. Möchten Sie Teil dieser Veränderung sein und diese Menschen kennenlernen? Ich mache Sie gerne miteinander bekannt." „Meine politische Agenda lässt in der aktuellen Situation leider kein weiteres Themenfeld zu.", erwidert er kurz und knapp und bedankt sich noch freundlich für das anregende Gespräch. Ich bin stinksauer, wegen der Ignoranz, die mir dieser Herr in diesem Korridor soeben entgegen schleuderte.

In diesem Moment entscheide ich, mit Hilfe der Bewegung des *Grünen Blocks* die Dinge selber in die Hand zu nehmen, um in diesem Land etwas zu verändern.

Grüner Block als Massenbewegung

„Bücher statt Bomben! Bücher statt Bomben! Bücher statt Bomben!"

hallt und widerhallt es durch die Straßenschluchten Manhattans, durch Downtown L.A., durch den Financial District von Chicago, auf dem Walmart-Parkplatz in Fort Myers. An etlichen anderen großen, kleinen, historisch bedeutenden und unbedeutenden Orten der Vereinigten Staaten von Amerika Ende April 2016, einem sonnengetränkten Frühlingstag, starten die Proteste.

Schon lange brodelt es unter der Oberfläche: Wütende Eruptionen, heftige Shitstorms und bildgewaltige Episoden in den sozialen Medien zeichnen ein facettiertes Bild einer großen Unzufriedenheit vieler Menschen. Aber hier und jetzt! Eine derartige Mobilisierung der Massen an einem Tag! Das hielt bislang niemand für möglich. Aber statt sich in der digitalen Welt zu verlieren, finden tatsächlich Menschenscharen ihren Weg in die reale Welt und tragen einen einzigartigen, unbekannten Massenprotest auf die Straße. Es ist das reinste Vergnügen, dieses Spektakel zu erleben! Flashmobartig – beinahe wie im einem Zombiefilm – versammeln sich die Menschen auf den Straßen ihrer Orte und wachsen Tag für Tag zu einer unübersehbaren und nicht ignorierbaren Menge an.

Ganze Schulklassen nehmen Reißaus, packen Proviant und Wasservorräte für mehrere Tage ein und bringen heimlich selbstgefertigte Plakate aus den Außenbezirken, aus den Vororten, aus den Weilern in die Innenstädte, zu den Einkaufszentren und auf die Dorfplätze. Studierende schließen sich an, Veteranen in Rollstühlen machen sich auf den Weg, Haustätige lassen ihre Gartenarbeit liegen.

Forschende, Büroangestellte und Fabrikarbeitskräfte bleiben der Arbeit fern. ManagerInnen, DirektorInnen und GeschäftsinhaberInnen stehen fassungslos in ihren leergefegten Büroetagen, Produktionslinien und Läden. Nur die Wenigsten von ihnen begreifen die historische Tragweite dieser Stunden. Während sich also einige bedachte Zeitgenossen vollends der Bewegung euphorisch hingeben, versuchen die Übrigen das drohende Chaos noch irgendwie zu verhindern. Eine nicht gekannte und nicht vorhersagbare Dynamik ereilt diese Bewegung. Niemand kann sich diesen Moment erklären.

Ein Zug ist im mittleren Westen entgleist. Ein Tennisspieler hat sich ein neues Haus gekauft. Eine Kunstsammlerin ist einer Kunstfälscherin aufgesessen. Ein Staatspräsident hat in die Portokasse gegriffen. Eine schlimme Krankheit ist in einem fernen Land ausgebrochen. Eine Wirtschaftskrise erschüttert eine andere Weltregion. Ein Krieg fordert in seinem fünften Jahr der Intervention erneut so viele zivile Opfer wie die letzte Schießerei an einer Highschool. Diese Nachrichten berieseln die verbliebenen übriggebliebenen Büroangestellten wie jeden Tag beim Lunch.

Ich sitze an der Kuchenvitrine im *Café Royal* und bestelle gerade einen doppelten Espresso mit Schuss. Der Fernseher läuft lautlos und im Hintergrund dudelt Musik von der Stange aus der Konserve. Kein Wort vom Internationalen Tag des Buchs. Kein Wort zu unseren heutigen landesweiten Demonstrationen.

Ganze Regionen stehen still. Polizeieinheiten sehen sich überall zigtausenden Demonstranten gegenüber. Der Notstand wird in keinem Bundesstaat ausgerufen, obwohl eine unbekannte Quelle den Medien zuspielt, dass es sich um die größte zeitgleiche Mobilmachung von Polizeikräften im gesamten Land handelt. Es ist mir ein Rätsel.

Teamwork im Berggasthof

Frühjahr 2019, irgendwo in Colorado: Die Ereignisse überschlagen sich. Ein zukunftsorientiertes wirtschaftspolitisches Anliegen berührt die Menschen, zieht sie in ihren Bann und bricht sich Bahn: aber der Reihe nach.

Die Präsidentschaftskandidaturen werden nach und nach bekannt gegeben und es tanzen die üblichen Verdächtigen auf der Bildfläche. Überzeugende WirtschaftskapitänInnen, langjährige Politprofis, selbstverliebte UnternehmerInnen, sonstige AußenseiterInnen, messerscharfe religiöse FundamentalistInnen und eine als Gutmensch gebrandmarkte Unbekannte: ich.

Während sich wie üblich alle Kandidaten und Kandidatinnen durch Spendengelder ihre maßlosen Wahlkampfveranstaltungen und Sendezeiten finanzieren lassen, kreuz und quer, Tag und Nacht von Staat zu Staat reisen und in Hotels schlafen. Sie von Buffets in Sporthallen knabbern, Dinnerpartys bei Bürgermeistern abhalten und sich Snacks an Tankstellen einverleiben. Unmengen an Coffees to go in sich reinkippen, von Presseraum zu Sportfesten, von Gottestdienstbesuchen zum lokalen Gewerbeverein hecheln. Dabei von einer Entourage angefeuert, organisiert, dokumentiert werden. Mit dicken Budgets auf sozialen Medien Reichweite kaufen und diesen ganzen Wahnsinn verbreiten – entspanne ich, eine bislang eher unscheinbare Zeitgenossin, in meiner Hängematte.

„Ein einziger Gedanke kann so viel Gewicht haben!", murmel ich und sinniere über die bevorstehenden Schritte, die mir heute mein Doktorvater unterbreitet. Mit welchem Geschick er seine Idee unter die Leute bringt! Sehr schnell erreicht er durch sein akademisches Netzwerk viele redegewandte Intellektuelle, kann sie dank VC/AR-Technologie an seiner Idee teilhaben lassen und sie durch seine mitreißende Art überzeugen. Anhängern eines Gurus gleich verbreiten diese – seine „Jünger" – mit ebenfalls einnehmender rhetorischer Überzeugungskraft seine Gedanken in den Hochschulen.

Die Intellektuellen sind das Gewissen Amerikas. Und ihre große Stunde ist gekommen! Die Einheit, die Einigkeit der Wissenschaft – hier zeigt sie sich im Lebendigen, in der realen Welt. Für die hochkarätige Besetzung mehrerer Think-Tanks zur Ausarbeitung einer vollständigen Agenda meiner Präsidentschaftskandidatur reichen zwei Tage.

Dann wird Tag und Nacht diskutiert, geschrieben, gerechnet, sinniert. Digitale und agile Arbeitsmethoden werden zu meiner täglichen persönlichen *Bigwave* und entwickeln eine unvorhersehbare Dynamik. Tausende Ideen werden gesammelt, die Wichtigsten festgehalten und vertieft. Nach zwei Wochen liegen zu jedem Themengebiet fundiert ausgearbeitete thematische Programme von allen Arbeitsgruppen vor. Nun ist die Zeit reif für ein persönliches Zusammentreffen aller Beteiligten, um die thematischen Programme auf Konsistenz, Griffigkeit und Kompatibilität für mein politisches Gesamtprogramm zu überprüfen.

Gruppenspaziergänge an der frischen Bergluft, Kamingespräche am Abend und ausgiebige Diskussionen im Plenum fordern alle TeilnehmerInnen über mehrere Tage auf das Äußerste heraus. Sie alle haben ein gemeinsames Ziel vor Augen, sind aus allen Landesteilen auf eigene Kosten nach Colorado angereist und haben sich ein Zimmer im *Hotel Val Sinistra* in Aspen gebucht. Die Hotelbediensteten an diesem Außenposten der Zivilisation spüren, dass sie Zeugen sind, Zeugen einer Begebenheit historischen Ausmaßes. Die Euphorie aller Gäste ist vibrierend, ansteckend und ihre Offenheit berauschend.

Nachts schlafe ich vor Erschöpfung sofort ein und tanke traumfrei, tief schlafend Energie für den nächsten Tag. Nach einigen Tagen hochkonzentrierten Arbeitens spüre ich tagsüber kurze Abwesenheiten in traumartigen Sequenzen.

Das allabendliche Knistern der Kaminfeuer, die morgendliche Ruhe im Frühstücksraum, das Wispern in den Fluren, die Bescheidenheit, Höflichkeit und Zuversicht der Anwesenden sind außergewöhnlich. Dennoch fühle ich mich zeitweise in der Menge einsam.

In einem gewissen Sinne entspricht diese Atmosphäre des gepflegten Gedankenaustauschs den ruhigen, aber durch Mahlzeiten streng strukturierten Wochenenden in meiner Kindheit. Schon damals als Neunjährige hatte ich den Zwiespalt meiner Mutter gespürt. Nicht umsonst hatte sie meinen Vater geheiratet – und damit Sicherheit gegen die Leidenschaft ihres Wesens getauscht.

Blühende Bürokratie und wackerer Wahlkampf

Schon bald ist es allerdings mit der Ruhe vorbei. Nachdem wir mit der omnipräsenten Grassroots-Bewegung des *Grünen Blocks* zusammenspannen und auf ihre großartige Unterstützung zählen können, schaffen wir eine gute Ausgangsbasis, um uns mit der im Grundsatz uns nahestehenden *Grünen Partei* über eine gemeinsame Zukunft auszutauschen. Erstaunlicherweise gelingt es meinem hochmotivierten Beraterteam und mir in intensiven, langen Gesprächen, Einigung über eine konkrete Zusammenarbeit zu erreichen. Parteilos, aber grün gefärbt, unterstützt von der *Grünen Partei* und von einer massiv angewachsenen Bürgerbewegung, die die sinnvolle Verwendung ihrer Steuergelder für Bildung, Gemeinwohl, Gesundheit, Frieden und zukunftsorientierte Wirtschaftszweige fordert, stürzen wir uns in einen administrativen Hürden-Dauerlauf, um antretende Wahlmänner und Wahlfrauen in möglichst allen Bundesstaaten auf dem Wahlzettel platzieren zu können.

Unser Wahlkampf muss mit einem äußerst geringen Budget auskommen. Massive Geldspritzen der Kriegs-, Energie- und Nahrungsmittel- sowie der Finanzindustrie füllen die Töpfe der demokratischen und republikanischen KandidatInnen, sodass sie nicht nur präsent auf allen Kanälen sind, sondern auch heftig und gezielt über soziale Medien die Bevölkerung erreichen. Wir generieren über Crowdfunding viele kleine Beträge und überzeugen sogar ein paar engagierte und wohlhabende Persönlichkeiten mit unseren Argumenten zu transparentem Geldzustupf und Testimonials. Aber unser Budget ist trotz alledem vergleichsweise klein.

Umso bedeutender sind die öffentlichkeitswirksamen Aktionen des *Grünen Blocks* im öffentlichen Raum. Sie rütteln an den Fundamenten einer gesättigten, verwöhnten Gesellschaft, ernten vorerst jedoch nur ein Lächeln oder Unverständnis. Aber ihr Durchhaltevermögen, das landesweite Aufflackern von Interventionen mit jeweils hundert involvierten AktivistInnen hält uns und unsere Themen überall in den News. Die Redaktionen kommen nicht umher, die Hintergründe der Aktionen kurz zu schildern. So schaffen wir es ohne gekaufte Sendezeit, unsere Inhalte und die Möglichkeit eines wichtigen und richtigen Richtungswechsels zu verbreiten und die jeweils lokalen AußenseiterkandidatInnen, die für ein zeitgemäßes Amerika in die Wahl ziehen, für die Wahl ins Spiel zu bringen und sie bekannt zu machen.

Die breite wissenschaftliche Abstützung kommt uns ebenfalls zugute. Dezentral, ausgehend von Universitäten und Hochschulen in allen Landesteilen, können wir auf engagierte Fachleute zählen, die sich von nun an stärker in das lokale Politisieren mit konkreten Vorschlägen einbringen und die bspw. die Zusammenhänge von Ernährung, menschlicher Empathie und anonymen Konzernen erläutern. Unsere Agenda des fundamentalen Umbaus der Wirtschaft und Außenpolitik macht neugierig und füllt Marktplätze, Stadtparks, Aulen und Sporthallen. Wird niemand mehr Sorge um seine Tochter im kriegerischen Auslandseinsatz haben müssen? Diktiert uns wirklich unser LebenspartnerIn? unsere Einkaufsliste oder die Nahrungsmittelindustrie, die die Regale füllt? Können wir auf das Laufband im Fitnessstudio verzichten, wenn wir sicher mit dem Fahrrad zur Arbeit fahren könnten – statt täglich im Stau festzusitzen? Rege Diskussionen entbrennen, setzen wichtige Impulse frei und lassen allerorten neue Gedanken einsickern.

Zeitweise geht es hoch her. „Ihr vernichtet Arbeitsplätze und wisst gar nicht, was ihr da macht!", sind typische lautstark hervorgebrachte Vorwürfe auf öffentlichen Veranstaltungen. „In der Ruhe liegt die Kraft.", erwidere ich in diesen Momenten als Erstes. Danach erläutere ich regelmäßig und geduldig, dass wohl auch „die anderen" nicht wüssten, was sie täten. Denn wenn es so weiterliefe, gehe nicht nur alles um uns herum, sondern auch unser Land zugrunde. Nicht nur die Wirtschaft sei ja inzwischen globalisiert (ich riet ihr oder ihm, im Supermarkt einmal alle Produkte auf ihre Herkunft zu untersuchen), sondern schon immer seien alle Ökosysteme, das begrenzte System *Erde* ohne staatliche Grenzen miteinander verbunden. „Des Weiteren werden uns erstens andere Volkswirtschaften sehr bald links überholen und zweitens zeigen Studien klar auf, dass ein solcher Strukturwandel ein enormes Potential birgt. Es ist davon auszugehen, dass mit der Einführung einer CO_2-Steuer Arbeitsplätze in den fossil operierenden Branchen verloren gehen, allerdings zugunsten neuer Arbeitsplätze im Bereich der Energieeffizienz und neuen Energien etc."

„Insgesamt würden zwischen 2020 und 2050 35 Millionen Arbeitsjahre geschaffen, mit Netto-Arbeitsplatzzuwächsen in fast allen Regionen."

Marilyn A. Brown und Majid Ahmadi, Would a Green New Deal Add or Kill Jobs? (17.12.2019), URL: https://www.scientificamerican.com/article/would-a-green-new-deal-add-or-kill-jobs1/ (Stand: 15.10.2020)

Organisation ist alles. Und so kann ich virtuell täglich an bis zu drei Veranstaltungen teilnehmen. Über ganz gewöhnliche VC-Technologien bin ich anwesend. Natürlich ist dies keine 1:1 Human-Connection. Aber zugleich offenbart es auch eine andere Art von Nähe, denn ich befinde mich mit voller Absicht dabei immer in meinen privaten Räumlichkeiten.

Die entscheidenden Tage vor der Wahl im November zittern wir uns angespannt durch Umfragen. Und dann geschieht das Unglaubliche: Die Umfragewerte steigen von Tag zu Tag. Bauern aus ländlichen Staaten verstehen unsere Message! Angestellte in Provinzstädten verstehen unsere Message! Kreative, Gründer und Lebenskünstler in Metropolregionen begreifen unsere Message! Anwälte, Banker, Arbeiter und Staatsbedienstete in den Großstädten begreifen unsere Message!

Am Wahltag erreichen wir eine Mehrheit von Wahlmännern und Wahlfrauen und sind auf einem verdammt guten Weg, mich als erste Frau und erste grün gefärbte Kandidatin ins Zentrum der Macht der USA zu katapultieren.

KAPITEL 4: Haltung zeigt Wirkung

„Wenn die Menschheit weiterhin gedeihen soll, muss unser zerstörerisches Wirtschaftssystem vollständig aufgelöst und neu aufgebaut werden. Wir müssen radikal neu definieren, was wir unter Freiheit, Wettbewerb und Fortschritt verstehen. Wir müssen die Rolle der Regierung überdenken. Wir müssen noch einmal von vorn anfangen und fast alles, was wir als normal empfinden, vergessen."

Graeme Maxton, Change!, Komplett-Media (8.10.2018), URL: https://www.graememaxton.com/gpm/2018/03/30/change/ (Stand: 15.10.2020)

Ein Land führen

Ich habe schon immer gerne Verantwortung übernommen, mich engagiert, diskutiert. Dieser neue Job aber ist die größte Herausforderung, der ich mich in meinem Leben wohl stellen werde.

Ein Staatsapparat, egal wo, ist ein träger Haufen. Ich alleine werde keinesfalls bis in die letzte Amtsstube hinein frischen Wind bringen und die Abkehr von alten Methoden und vor allem alten politischen Vorgaben von heute auf morgen ändern können. Ich bin auf Unterstützung angewiesen. Glücklicherweise haben wir über die vergangenen Jahre eine massive Basis aufgebaut, die gut von ihren clever mitdenkenden TeilnehmerInnen organisiert wird. Der *Grüne Block* und die Think-Tanks der Wissenschaftler rutschen nun ebenfalls in eine wichtige und verantwortungsvolle Rolle hinein.

Das ausbalancierte föderalistische System kommt hier an seine Grenzen. Noch nicht überall ist auch die Lokalpolitik schon grün gefärbt. Da wir uns zuletzt auf die Bundesebene konzentriert haben, um mit großem Hebel wichtige Veränderungen in Gang zu setzen, ist auf kommunaler Ebene fallweise noch das alte Gebaren sehr präsent. Deshalb planen wir für die ersten drei Monate meiner Amtszeit ein mobiles Office, welches für mich und mein Team sowohl organisatorisch als auch privat ein großes Opfer bedeutet. Wir werden in den nächsten hundert Tagen pro Bundesstaat zwei Orte besuchen, als Dank, aber vor allem als Ermutigung aller BürgerInnen. Der Außenminister wird alle Auslandsreisen in dieser Zeit übernehmen. Das Kabinett ist ebenfalls *on the road.*

Unsere morgendlichen öffentlichen Auftritte werden zu einem Mantra. Pressearbeit im Anschluss. Inforunde der StaatssekretärInnen über Mittag mit wechselnden Themenschwerpunkten. Kabinettssitzung im Anschluss. Aktenstudium, kurze Pressekonferenz mit unterschiedlicher ministerieller Besetzung und Austausch mit lokalen WissensträgerInnen. Gesprächsrunden mit AktivistInnen, ProfessorInnen, UnternehmerInnen und BürgerInnen.

Für dieses rollende Büro verfügen wir – wie bei einer großen Rockband – über drei *Backlines* mit eigenen Sicherheitsgruppen des Secret Service, sodass ein *Rolling Office* installiert ist, ein zweites installiert und das dritte an den übernächsten Ort transportiert wird.

Jede Woche greifen wir einen anderen Themenschwerpunkt aus unserer Agenda heraus, um diesen sowohl auf Veranstaltungen, als auch in der Medienarbeit herauszuarbeiten. Für weitergehende Detailfragen stehen dabei jeweils die Teams, die das Thema damals in Montana im Hotel erarbeitet haben und fortwährend aktuell am Thema dranbleiben, persönlich vor Ort oder via VC-Technologie zur Verfügung. Diese Teams sind unbezahlbar und von höchster Wichtigkeit – und ungeplant und unvorhersehbar fester Bestandteil im Beraterstab der nun ersten amtierenden US-Präsidentin.

Für die Vermittlung dieser teils komplexen Inhalte werden nun ständig Kommunikationsagenturen einbezogen, die sowohl konsequent als auch unmittelbar schwierigste Zusammenhänge in Wort und Bild aufbereiten. So können wir klar und unmittelbar kommunizieren.

Unsere Themen der ersten zehn Wochen:

Woche 1: Bildung für alle, die einzige Zukunft unserer Gesellschaft

Woche 2: Solidarität & Wertschätzung: Gesellschaft als Familie 3.0

Woche 3: Grünes, zirkuläres, lokales & globales Wirtschaften

Woche 4: Aufklärung zur gesunden & gehaltvollen Ernährung

Woche 5: Verteilung der Arbeit, Marktregeln und Grundversorgung

Woche 6: Freie Gesundheitsvorsorge vom Kind bis zum Rentner

Woche 7: Finanzierbare Mobilität und sinnvolle Siedlungsformen

Woche 8: Natur als Kraftort und die Erde als Zuhause für alle

Woche 9: Frieden für alle: Waffengesetze & Waffenexporte

Woche 10: Kultur als Nährstoff und Kitt unserer komplexen Welt

Von Intrigen und öffentlichem Druck

Die anfängliche Aufbruchstimmung hält erstaunlich lange an. Die Menschen spüren, dass ich es mit meinen Anliegen ernst meine. Sie bemerken, dass dies eine Angelegenheit historischen Ausmaßes ist – und sie Teil dessen sind. Eine Welle der Veränderung rollt durch das Land. Es ist allen klar, dass es nicht damit getan ist, einen Hebel umzulegen, sondern dass sich jeder engagieren muss. Aber natürlich ist auch mir von Anfang an völlig klar, dass nicht jede Mitbürgerin und jeder Mitbürger Veränderungen in seinem privaten Leben, in seinem direkten Umfeld sucht, nur um das große Ganze für alle zu verbessern.

Wir rechnen damit: Es formiert sich Widerstand. Erzkonservative Kräfte mit verschiedenen Motivlagen sehen ihre Pfründe gefährdet, ihr Weltbild unter Druck. Und nicht alle BürgerInnen können wir mit unseren Informationskampagnen auf klassischen und neuen Kommunikationskanälen erreichen, geschweige denn überzeugen. Die Zugänglichkeit für sachliche Argumentationen nimmt rapide ab, je radikaler die Positionen sind. Je komplexer die Welt wird, desto einfachere Lösungen werden gesucht. Logik ist keine Urkompetenz des Menschen, sondern muss erlernt werden. Nicht jeder lernt sie. Und das bisherige Schulsystem war nicht dafür gedacht, kritisches Denken zu fördern oder wirkliche Selbständigkeit zu erlernen.

„Education is the key. We are born scientists."

Dr. Michio Kaku, Current Education System, in: MAD Talks, ab Minute 0:24 (30.6.2019), URL: https://www.youtube.com/watch?v=20kT790-PLw (Stand: 15.10.2020)

Wie immer spielt die Zeit gegen uns. Und Veränderungsprozesse, insbesondere wenn sie nicht nur geistiger, sondern auch materieller Art sind, benötigen Zeit – um sich zu etablieren und um Wirkung zu entfalten, die sich dann in „Messbarem" niederschlägt.

In meinen Augen gab es genau drei Möglichkeiten, damit umzugehen: Erstens können wir den Dialog suchen, um mit harter Überzeugungsarbeit den Opponenten und ihren Medien beizukommen. Eine kräftezehrende, zeitfressende Option, bei der wir nicht unsere Themen, sondern *ihre* Themen beackern. Zweitens können wir hart an der schrittweisen Umsetzung unserer Themen arbeiten und so auf Erfolge hinarbeiten, die uns Zweifler Schritt für Schritt in die Arme spülen würde. Und drittens – das würde uns aber angreifbar machen und ein äußerst riskantes Unterfangen werden – könnte ich mit meiner Regierung per Notdekret – das Parlament umgehend – Maßnahmen veranlassen, um schnell erste Erfolge aufweisen zu können. Und der Erfolg würde mir Recht und im Nachhinein die Legitimation für mein Handeln geben. Von meinen Prinzipien her widerstrebt mir die dritte Option und ich hasse lavierendes, chamäleonartiges Verhalten anderer Menschen. Aber der Zweck heiligt doch die Mittel?

Und sobald wir mit Notrecht operieren, müssen die Opponenten sich daran abarbeiten, um es wieder aufzuheben, wenn es sie persönlich, ihre Interessen oder sogar die Interessen ihrer Unterstützer träfe.

Notrecht beugen

Die erste Woche im Nightliner ist durch die selbst auferlegte Tagesagenda wahnsinnig stressig und intensiv. Aber es fühlt sich unglaublich gut an, mit einem hochmotivierten Team Dinge im wahrsten Sinne des Wortes in Bewegung zu setzen. Es ist wie ein langer Rausch oder auf Klassenfahrt – allerdings ohne strenge LehrerInnen, sieht man davon ab, dass unsere persönlichen Referenten unsere Taktgeber sind. Sie lassen auch abends nicht locker, uns für den nächsten Tag zu briefen, um uns dann ins Bett zu schicken. Nach dem ersten Monat setzen die ersten Erschöpfungsmomente ein. Es wäre an der Zeit, unsere Familien, die nicht mit uns unterwegs sind, einmal wieder in die Arme zu nehmen. Aber die virtuellen Kontakte müssen für alle ausreichen. Wir rennen gegen die Zeit an. So kommt es, dass nun ab und zu, stunden- oder tageweise, Einzelne von uns mit Durchhängern, schlechter Laune, Wehwehchen kämpfen und durchaus angespannte Situationen entstehen. Aber all das ist nichts gegen das gute Gefühl, ab und zu abends völlig erschöpft und müde in den Sessel eines lokalen Pubs zu fallen und eine frische Limonade zu trinken – oder einfach im Wasserbett des Nightliners einzusinken und friedlich in den Schlaf geschaukelt zu werden.

Zehn Wochen Leben auf der Straße, zehn Wochen einen Pulk an Journalisten im Schlepptau, die tägliche Routine im Nacken. Und trotz alledem erzählen mein Team und ich unsere Themen sorgfältig und platzieren sie im ganzen Land, in der Presse, in den Köpfen unserer MitbürgerInnen.

So ist die Saat gesät. Nun müssen wir die tägliche Pflege durchhalten. 70 anstrengende und ereignisreiche Tage sind vergangen, aber die richtige Arbeit beginnt erst jetzt. Den Worten müssen Taten folgen, denn unser Erfolg wird sich nur an Taten und Resultaten messen lassen.

In den nächsten 30 Tagen krempeln wir den Politikbetrieb so richtig um. Um es gleich vorwegzunehmen: Ich verfolge keinesfalls irgendwelche Ziele, die demokratische Grundordnung auszuhöhlen. Ich sehe auf lange Sicht unsere Grundordnung gerade dadurch gefährdet, dass wir *alle* bisher unsere Augen vor Entwicklungen verschlossen haben, die schleichend die Gleichberechtigung und Freiheit aller aushöhlen werden.

Allein aus diesem Grunde gelangen wir im Gremium zu der Ansicht, dass wir tatsächlich die Regierungsarbeit mit ungewöhnlichen Mitteln bestreiten müssen. Wir selbst geben uns gemeinsam das verbriefte Ziel, hinterlegen dies notariell und vor den UN-Gerichtsbarkeiten, um später nicht angreifbar zu sein, sollte unser Plan nicht aufgehen und unsere Opponenten beabsichtigen, uns den Prozess zu machen.

Ein Versprechen an die Welt: In einer Pressekonferenz erläutern wir in Woche elf unser Vorhaben, wie im Wahlkampf angekündigt, Reformen in die Wege zu leiten, die nicht nur auf die Innenpolitik der USA, sondern auch auf den Frieden in der Welt eine große Auswirkung haben sollen.

Dank des *National Security Acts* von 1976 ist es mir als Präsidentin der Vereinigten Staaten von Amerika möglich, ohne Zustimmung des Parlaments und allein aufgrund meiner Einschätzung und mit meiner Begründung Gesetze zu erlassen, die die strategische Ausrichtung der USA nachhaltig verändern. Da für jedes der Gesetze eine jährliche Erneuerung durch das Parlament notwendig ist, müssen die aus den Gesetzen abzuleitenden Handlungen umgehend eingeleitet werden. Nur wenn wir also innerhalb der ersten zwölf Monate nachweisen können, dass unser Vorgehen die Situation positiv verändert hat, können wir davon ausgehen, dass das Parlament das Gesetz falls notwendig verlängert oder keine Einsprachen oder Maßnahmen gegen unsere Handlungen ergriffen werden.

Wir beginnen mit Punkten, die offensichtlich für die Mehrheit meiner MitbürgerInnen von Vorteil sein und einer zwar machtvollen und einflussreichen, aber kleineren Gruppe an Mitbürgern sauer aufstoßen wird. Aber ist einmal eine positive Stimmung auf unsere Seite geschwappt, so wird es umso schwieriger für die Eliten des Finanzkapitalismus, ihr Ding durchzuziehen – und das werden wir zu nutzen wissen.

Als Erstes knöpfen wir uns das Waffenrecht vor. Dem Beispiel der neuseeländischen Premierministerin *Jacinda Ardern* folgend wird der Handel mit Waffen massiv eingeschränkt. Es gibt gutes Geld für abgegebene Waffen. Kraft meines Amts als Präsidentin lege ich den Gouverneuren aller Bundesstaaten in einer außerordentlichen Ansprache nahe, Gesetzgebung und Praxis per sofort an die neuen Rahmenbedingungen anzupassen: „So sollen die Polizeikräfte unseres Landes umgehend Handfeuerwaffen, halbautomatische und automatische Waffen einsammeln, sogleich demontieren, die Rohstoffe den Schmelzöfen usw. zuführen, um so die Anzahl der im Umlauf befindlicher Waffen massiv zu reduzieren. Wenn wir dies in anderen Ländern bei bewaffneten Konflikten umsetzen, warum sollte es nicht bei uns im eigenen Garten funktionieren?" Zudem erklären wir grundsätzlich Angriffe auf öffentliche Einrichtungen, die der Allgemeinheit dienen, als Akt von innerem Terrorismus. Wir verabschieden mit allen Reichweite starken Medienhäusern und dem amerikanischen Journalistenverband eine Übereinkunft in beidseitigem Wohlwollen, dass die Berichterstattung über *Mass Shootings* (und damit der Heroisierung der TäterInnen) auf ein Minimum reduziert wird mit der Möglichkeit wie bspw. einer offiziellen Rüge, einer Ächtung verbandsseits gegenüber der dennoch berichtenden Presse. All dies bringt uns nicht nur Sympathien ein, aber glücklicherweise und dank sofortiger Umsetzung beginnt für alle ersichtlich die Anzahl an Ereignissen und Opfern drastisch abzunehmen. Den Medien gehen bald die Themen aus. Organisationen, die der Waffenlobby zuzurechnen sind, werden ebenfalls mit Prozessen überzogen und sehen sich Anklagen wegen Unterstützung terroristischer Aktivitäten bzw. der Einstufung als terroristische Organisation gegenüber. Auch das Ausland zollt uns Respekt für dieses Vorgehen – auch wenn es selbstverständlich einen kritischen Beigeschmack gibt. Aber die Lage ist zu dramatisch. Die *National Rifle Association* so rücksichtslos. Nur drastische Mittel helfen uns und unseren Kindern.

Die staatlichen Gelder, Steuereinnahmen – das Geld der BürgerInnen – werden neu eingesetzt: Statt Waffenschmieden und ihre Eigner zu füttern, und damit Krieg und Elend in der Welt aufrecht zu erhalten, lenken wir die Gelder in die Bildungsindustrie im In- und Ausland.

Wir bauen das Angebot in der frühkindlichen Erziehung massiv aus und entwickeln Betreuungsangebote für Jede und Jeden, denn wir anerkennen die wissenschaftlichen Erkenntnisse, dass in den ersten Lebensjahren die wichtigste Weichenstellung eines jeden menschlichen Wesens stattfindet. Ländern, die wir früher bombardiert haben und auch jenen, die von unseren Importen abhängig waren, sprechen wir Unterstützung beim Aufbau einfachster grundlegender Strukturen zu und fördern die Hilfe zur Selbsthilfe. Ohne Hintergedanken an neue Absatzmärkte und Rohstoffe. Und das alles ohne das soziale Gefüge zu stören. So entstehen Verbesserungen im Gesundheitswesen, Bildungseinrichtungen und Perspektiven vor Ort.

Direkt damit zusammenhängend lancieren wir bei uns mehrschichtige Kampagnen zur gesunden und gehaltvollen Ernährung und damit verknüpft die Infragestellung der industriellen Nahrungsmittelproduktion. Wir zeigen die Möglichkeiten und Vorteile von lokalen und saisonalen Produktionsschwerpunkten auf und ermutigen Gemeinden und Gemeinschaften, sich zu engagieren. Subventionen für nicht-nachhaltige, monokulturell ausgelegte und mit Chemie operierenden Betrieben werden über einen längeren Zeitraum schrittweise reduziert und die wiederentdeckten ertragreichen, alten, bewährten Anbaumethoden stattdessen unterstützt.

Hier betreten wir gefährliches Neuland. Denn wer traut sich schon an die Cornflakes der Kinder zum Frühstück ran? Eine totale Nahrungsumstellung bei 200 Millionen MitbürgerInnen ist nicht realistisch, aber mit der Wucht des präsidialen Amts das Bewusstsein zur Ernährung zu schärfen liegt im Bereich des Machbaren. Es geht auch um die Reduktion des Fleischkonsums. Selbst oder gerade, wenn wir unseren heutigen Fleischkonsum auf Fleisch aus tiergerechter und nachhaltiger Weidezüchtung umstellen, bräuchten wir zweimal die Fläche der USA, um uns AmerikanerInnen selbst mit Fleisch zu versorgen. Aber erreicht meine Message alle? Mittels klassischer Medien wie TV erreiche ich nur noch einen Bruchteil der Menschen, auch wenn dies online mehrfach und zu beliebigen Zeiten abgerufen werden kann. Trotz Millionen Followern auf sozialen Medien kann ich weder alle MitbürgerInnen erreichen, noch alle sofort überzeugen.

Im Zuge des Umdenkens und Umstellens auf lokale und regionale Nahrungsmittelproduktion liegt es nahe, die gesamte Wirtschaft auf regionales *Kreislaufwirtschaften* umzubauen. Die durch den Finanzkapitalismus entstandenen globalen Konglomerate, Liefer- und Produktionsketten und die Märkte bestimmende Kapitalakkumulation bergen erhebliche Ausfallrisiken aufgrund von Abhängigkeitsketten und der Geldkonzentration in spekulativen Branchen. Sie saugen die Realwirtschaft wie ein Vampir aus:

Nur rund 147 Unternehmen kontrollieren 40% der weltweiten monetären Werte. 75% dieser Unternehmen wiederum sind dem Finanzsektor zuzuordnen. Es stellt sich entsprechend die Frage, inwieweit dies bedeutend für die Stabilität bzw. Instabilität des weltweiten Finanzsektors ist. Zudem ist fraglich, ob in einer solchen Konstellation wirklich ein Wettbewerb auf dem Markt stattfinden kann.

Wir hatten den *American Way of Life* gefressen und nun beginnt er uns zu verschlingen. Die schier unendlichen Weiten unseres Landes hatten unsere Vorfahren verführt. Nicht nur unsere Verfassung spiegelt den wilden, freien Geist wider, auch eignen wir uns weiterhin Grund und Boden an, wie wir es gerade brauchen. Unser Siedlungsgebiet überwuchert unserer Landschaften und wir blähen damit zugleich die zu unterhaltende Infrastruktur unserer Zivilisation auf, machen uns abhängig von Mobilität, erzeugen Unmengen an Verkehr und verlieren wertvolle Lebenszeit in unseren schweren SUVs. War das wirklich unser Traum oder der Traum der Autoindustrie?

Trotzdem ist dieser Lebensstil ein Exportschlager und so sind wir wohl oder übel auch weltweit führend in der Zerstörung der Welt.

Wenn wir nun das Recht auf Eigentum anfassen, werden wir uns unsere Finger verbrennen. Wir müssen also vorerst den momentanen Status tolerieren. Gleichzeitig ist es an der Zeit, deutliche, positive Anreize zu setzen, um die Menschen für eine Rückbesinnung auf ein postmobiles, entglobalisiertes Leben zu gewinnen. Steuerliche Anreize und gute Kreditkonditionen für Unternehmen, deren MitarbeiterInnen in der Gemeinde wie das Unternehmen ansässig und somit steuerpflichtig sind, um die Pendler zu reduzieren. Lebenszeit statt Autozeit. Investitionen in Fahrradinfrastrukturen, die Fahrradfahren sicherer und im städtischen Verkehr noch schneller machen. Krankenkassenprämien, die ohne Autonutzung und mit Fahrradnutzung deutlich sinken, da Herz-Kreislauf-Erkrankungen abnehmen. Investitionen in die Bahninfrastruktur für höheren Reisekomfort und Ausbau der Produktpalette mit Kinowagen, Fitnesswagen, Tanzwagen, Spielwagen, Hotelwagen, obligatorischer Platzreservierung im Fernverkehr. Gleichzeitig eine Vollkostenrechnung für Fern- und Flugreisen. Politische und finanzielle Unterstützung bis auf die lokale Ebene für bauliche Um- oder Neuvorhaben, die neue Formen gelebten Miteinanders in neuen Wohntypologien entwickeln und so auch eine soziale Stabilität und Solidarität etablieren. Konsequente Nutzung der schon eingezonten Baugebiete. Investitionen zur Steigerung der Freiraumqualitäten und Naherholungsangebote in den bestehenden Siedlungsgebieten, die identitätsstiftend mit den Bewohnern partizipativ vom Bedarf bis zur Realisierung umgesetzt werden. Neue Quartiere und Stadtteile, stark verkehrsreduziert, durchgrünt, kompakt, nutzungsdurchmischt, die so klimaaktiv und zukunftsfit geplant werden.

Wie entfachen wir Begeisterung für ein solidarisches Miteinander? Das Proklamieren von altersgemischten Groß-WGs allein wird die Frage nicht lösen. Das sorgfältige und behutsame Weiterstricken von wirklichen Nachbarschaften vielleicht schon eher. Wie unterstützen wir eine Balance zwischen dem Rückzug ins wichtige Private und der Öffnung in die Gemeinschaft? Wie kann Solidarität zu einer wirklichen Bereicherung in unserem Leben werden? Wir müssen Vorteile klar benennen: Gegenseitige bedingungslose Hilfe in allen Lebenslagen. Zeitgewinn für die schönen Momente im Leben. Geringere Lebenshaltungskosten ohne benzinschluckende Dreckschleudern. Als einer meiner Mitstreiter fragt: „Polly, das klingt alles ganz toll, aber wie soll das denn bitte laufen?", antworte ich ohne Zögern: „Ich stelle mir unsere Städte und Ortschaften, unsere öffentlichen Räume und Gebäude menschlicher vor. Dass wir bessere Luft atmen, erfrischende lebendige Gewässer genießen, eine Vielfalt an bunten blühenden Pflanzen am Wegesrand erblicken und Getier, beim Spiel in der Natur beobachten können. Dies alles zu erreichen ist eine riesige Herausforderung und wird Jahrzehnte dauern. Aber wir müssen jetzt beginnen!"

Möglicherweise wird sonst der Letzte erst verstehen, dass er nicht mit dieser Maßlosigkeit überleben kann, wenn die Benzinpreise explodieren und die Trockenheit ihr Übriges tut, um den Verbrauch von Wasser in eigentlich unbewohnbaren Wüstengegenden endlich unbezahlbar zu machen.

Vielleicht wird der Mensch erst dann und zu spät, wenn dies alles im realen Leben der Menschen ankommt, verstehen. Verstehen, dass er ohne Balance mit der Natur, von der wir Menschen Teil sind, in seiner Existenz bedroht ist.

American Dream – reloaded

Der Rückzug unserer bewaffneten Truppen aus allen Teilen der Welt muss geordnet ablaufen. Nur so kann noch schlimmeres Leid verhindert werden. Drohende unkontrollierbare Negativspiralen in langjährigen tödlichen Konflikten, in die wir uns eingemischt haben, müssen in eine positive Spirale gewandelt werden. Aber für die unmittelbare Entwaffnung der Konfliktparteien, die dauerhafte Stabilisierung der zerrütteten Gesellschaft und eine schnelle belastbare Errichtung eines verlässlichen Staatsgebildes, um die Ergreifung eines politischen Vakuums von radikalen Kräften auszuschließen, gibt es kein Patentrezept.

Ehrlicherweise müssen wir uns fragen, ob denn Demokratisierungs- oder Kapitalisierungsprozesse die einzige Möglichkeit der Gestaltung einer friedlichen Welt darstellen.

Mit der Industrialisierung griffen die Mechanismen von Arbeitskraft anbietenden Lohnarbeitern und Produktionsmittel bereitstellenden Eigentümern ineinander. Entstand in diesem Momentum eine monetäre Unterwerfung und Durchkapitalisierung der Welt und wurde zu einer *erklärten* Notwendigkeit? Die dabei möglichen Produktivitätssteigerungen entziehen in dessen Folge dem Produktionsprozess Kapital. Dieses wiederum akkumuliert sich bei den Eigentümern der Produktionsmittel, was in Folge zum heutigen Zeitpunkt zu großer Ungleichheit und Streit unter den Menschen führen musste.

Wir müssen auch das militärische Denken, das weite Teile unserer Gesellschaft tief durchdringt, in positive Kanäle lenken. Was geschieht mit all unseren militärischen Ressourcen? Was mit unseren Soldaten? Können wir es uns wirklich außenpolitisch leisten, unser Militär abzuschaffen? Werden wir in der so heraufbeschworenen weltpolitisch „chaotischen" Lage verwundbar? Verwundbar für wen? Könnten wir unsere Streitkräfte zu Friedenskräften umformen und ihnen friedliche Aufgaben übertragen? Eignen sich Soldaten dafür, Mathematik, Sprachen, Naturwissenschaften zu unterrichten und ein soziales Miteinander vorzuleben, in einem gewaltfreien, helfenden, kollektiven Geist? Anleitung, Hilfestellung zum Aufbau von öffentlichen Infrastrukturen zu geben, sollte ihnen möglich sein. Aber kann angesichts wohlmöglich tief verankerter und verfestigter Rollen in Konflikten der Feind schlagartig zum Freund mutieren?

20. Februar 2022: Aber unser gewagtes Experiment glückt: Es ist wie in einem seltsamen Traum. Ist dies tatsächlich die neue Wirklichkeit?

Auf lange Sicht: Die Früchte der Arbeit

Innerhalb von nur sechs Monaten sammeln wir unglaubliche 20 Millionen Waffen ein. Das sind ungefähr 100'000 Waffen pro Tag, also 4'000 pro Stunde, die an lokalen Polizeiposten unter hohen Sicherheitsvorkehrungen abgegeben werden. Nebenbei begnadige ich alle zum Tode Verurteilten und hebe per Dekret die Todesstrafe in allen Bundesstaaten auf.

Eine unglaubliche Spirale und Dynamik entstehen. Ohne großes Zutun verbreiten sich diese Nachrichten um den ganzen Erdball.

Der russische Premier verkündet umgehend: „Wir begrüßen den von der progressiven Präsidentin der USA eingeschlagenen Weg und sind von dieser erfreulichen Entwicklung angenehm überrascht. In den letzten Stunden haben wir diese neue geopolitische Ausgangslage eingehend analysiert und stellen einen bedeutsamen Wandel unserer außen- und innenpolitischen Absichten in Aussicht! Wir werden den neuen Umständen geschuldet eine Politik der Aussöhnung, des Friedens und der inneren Stabilität verfolgen!" Ob er froh war, dass endlich die überschaubaren Staatseinnahmen in die Zukunft des Landes, in dessen Jugend, deren Bildung und wichtige Zukunftsbranchen investiert wurden statt in marode Kasernen und die Taschen von den sowieso schon unglaublich Reichen? Er spielt immer den Starken, aber dieser friedliche Weg entspricht insgeheim seinem ureigenen Naturell, das er sein ganzes Leben lang nie nach außen hat kehren dürfen. Nur kurze Zeit später probieren sich einige russische Generäle unter Beifall einiger Oligarchien, die im richtigen Moment am richtigen Ort eine „unternehmerische Möglichkeit" beim Schopf gepackt hatten, einen Umsturz. Doch der präsidiale Sicherheitsapparat und die von ihm geleiteten einfachen SoldatInnen und Offiziere verstehen tatsächlich die Bedeutsamkeit des Moments und spüren die Erleichterung von großen Teilen der Bevölkerung. Sie sind sich in diesen Tagen ihrer Verantwortung bewusst und nehmen diese wahr. Es beginnt eine langersehnte Blütezeit der friedvollen Außen- und Innenpolitik. Der neue politische Rahmen trägt wirtschaftliche Früchte.

Die besonnenen Führer der *Arabischen Liga* reagieren unerwartet gelassen und begrüßen den mutigen Schritt. Endlich können sie ihren hochmotivierten und oft im Ausland gut ausgebildeten BürgerInnen eine Zukunft in der Heimat bieten. Eine Aufbruchstimmung erfasst die arabische Welt. Unternehmen sprießen aus dem Boden und bieten den jungen Menschen Jobs. Jugendliche begreifen das erste Mal, was es bedeutet, nicht in den Tag hinein zu leben, sondern eine Perspektive im Leben zu haben. Die Rückbesinnung auf die Jahrhunderte zurückliegenden wissenschaftlichen Leistungen setzt in diesem neuen politischen friedlichen Umfeld Urkräfte frei. Ihr neuer wirtschaftlicher und wissenschaftlicher Erfolg ermöglicht den Aufbau eines muslimisch geprägten Bildungssystems und gräbt somit den fundamentalen Kräften in ihren Ländern das Wasser ab.

Die Börsen in Asien schlagen am Montagmorgen aus: Die historischen Kursentwicklungen waren nicht im Detail vorhersehbar, aber absehbar. Denn schon im US-amerikanischen Wahlkampf mit den Ankündigungen der Maßnahmen einer möglichen Präsidentschaft greift auf dem Parkett der Börsen weltweit eine Euphorie um sich. Diese sorgt durchaus für Zuckungen bei den BrokerInnen, bei den Graphen auf ihren flimmernden Bildschirmen und auf den Aktienmärkten. Aber seit 6.00 CAT ist die Situation anders. Denn mit einer neuen Wirtschaftspolitik, die die sofortige Reduzierung des globalen Warenverkehrs beabsichtigt, fallen Aktienkurse von gewissen Branchen. Diese Politik geschieht keinesfalls aus protektionistischen Gründen, also um Wirtschaftsräume und Märkte abzuschotten und zu schützen. Sie wird umgesetzt aus rein rationalen Gründen, um die Umwelt vor Überproduktion und Emissionen zu schonen und unsere Lebensgrundlage – natürliche Ressourcen und eine intakte Atmosphäre – zu bewahren.

Reedereien und Luftverkehr werden sehr bald schon vor großen Herausforderungen stehen und müssen sich schleunigst nach neuen Geschäftsfeldern umschauen und ihre Flotten und Infrastrukturen transformieren. Agrar-Chemieriesen sehen sich mit schwindender Akzeptanz in der Bevölkerung und damit in der Landwirtschaft konfrontiert.

Den Ländern des afrikanischen Kontinents begegnen wir auf Augenhöhe: Uns ist klar, dass nicht nur Saatguthersteller und Kreditgeber Abhängigkeiten provoziert haben. Auch großflächige, aus Monokulturen resultierende Erosion, und anhaltende Dürreperioden sowie die Ausbeutung durch Abbau der natürlichen Ressourcen zugunsten der restlichen Welt erschweren das Überleben dort von Jahr zu Jahr. Es gibt grundverschiedene Ansichten zur Entwicklungshilfe. Sollen wir helfen zur Selbsthilfe? Mit der Errichtung von Rohstoffförderanlagen und billigsten Arbeitskräften nimmt die Ausbeutung eines Kontinents seinen Lauf. Schaffen wir schon durch diese Einmischung in die Wirtschaft interessante Absatzmärkte für unsere Produkte, die eigentlich doch niemand wirklich bräuchte? Oder sollten wir uns lieber nicht in die bestehenden sozialen Gefüge einmischen, um ursprünglich zufriedene Gesellschaften nicht zu stören? Schüren wir statt wirtschaftlichem Wettbewerb Neid? Oder kommen uns dann die „anderen Länder" zuvor und machen sich Rohstoffe sowie Absatzmärkte untertan? Hängt dann der Kontinent einfach in Kürze statt an unserem am Tropf asiatischer, wirtschaftlich starker Länder, die aggressiv ihre geostrategische Expansion vorantreiben? Ist ein Austausch auf Augenhöhe, Förderung von Bildungspolitik, Förderung von Eigenständigkeit ohne ein Aufdrängen unserer Weltsicht überhaupt möglich?

Seit Jahrhunderten haben wir uns in die Angelegenheiten Südamerikas eingemischt. Wir befinden uns seit den späten 80er Jahren im permanenten „Krieg" gegen für illegal erklärte Drogen. Es ist ein Kampf gegen Windmühlen, denn die Nachfrage entsteht bei uns, vor der Haustür, in den Bürolandschaften der glitzernden Finanzwelt, in den Nachtclubs unserer Großstädte, auf den Schulhöfen unserer Nachbarschaft. Wir müssen eine neue Drogenpolitik, ein neues gesellschaftliches Klima etablieren und helfen, den Beteiligten der Drogenwirtschaft neue Perspektiven zu eröffnen. Die Länder der *Organisation Amerikanischer Staaten* reagieren unterschiedlich, allerdings durchaus sorgenvoll, denn ohne ins Land strömende Drogengelder ist eine schwere wirtschaftliche Krise absehbar. Nur eine schnelle Umstrukturierung der Landwirtschaft auf Non-Drug-Farming kann tausende Tagelöhner in Arbeit halten. Aber wie erklären wir die Notwendigkeit von auskömmlichen und für uns somit teureren Preisen für das Kilo Kaffee für alle Glieder in der ganzen Wertschöpfungskette einer Bürgerin, nennen wir sie *Elisabeth?* Einer Konsumentin, die vor einem Überangebot verschiedener Kaffeesorten eines Supermarkts steht und tief in ihr Portemonnaie schauen muss?

Europas Reaktion ist nicht geschlossen, aber durchgehend positiv. Der Besorgnis der Auflösung des transatlantischen Bündnisses ist mit den Äußerungen der russischen Politik einer gewissen Hoffnung gewichen. Auch sind etliche europäische Länder sind seit einigen Jahren im Würgegriff autoritärer Strömungen. Allerdings engagieren sich große Teile der Bevölkerung seit Jahren für mehr Mitbestimmung, den Erhalt von demokratischen Prinzipien, eine ökologisch-ökonomische Wende und begrüßen – bei aller Unsicherheit – den dringend notwendigen Wandel.

Die Welt verharrt kurz in einem meditativen Moment, ruht und lächelt besonnen. Aber sie dreht sich weiter. Und die global wirksamen Kräfte von Politik, Militär, Konzernen und Religionen werden ordentlich durcheinandergewirbelt. Es setzt das *Zeitalter der Weltsicht* ein. Tag für Tag erkennen mehr und mehr Staatsführer die unglaubliche Dimension dieser Ereignisse und bekennen sich mit Unterstützung von Opposition, Religionsführern und sogar teilweise gemeinsam mit Nachbarländern zu einem Pfad des Friedens.

Aber sie dreht sich weiter! Wirtschaftsdaten zeigen eine kleine Delle in der einer abgeflachten horizontalen „Wachstumskurve", aber es ist unglaublich zu beobachten, wie sich alte Industrien verabschieden oder durch das Aufbegehren und Drängen der jungen Leute verändern. Sinnhaftigkeit greift um sich.

EPILOG

Franklin D. Roosevelt, Inauguration speech in Washington (4.3.1933), URL:
https://www.theguardian.com/theguardian/2007/apr/25/greatspeeches (Stand:
15.10.2020)

Wo das Gesetz der Kausalität, das Leitprinzip der aufgeklärten Welt von Ursache und Wirkung an der Komplexität der zweiten Moderne zerschellt, da wird der Schrei nach vermeintlich einfachen Lösungen laut.

Wo stehen wir heute? Ein Weiter, Höher, Schneller wird auf Dauer langweilig und unweigerlich seine Grenzen erreichen. Wie lange können wir mit Scheuklappen andere links und rechts und hinter uns liegen lassen? Wann sind diese am Boden und können nicht mehr weiter ausgebeutet werden?

Wir brauchen eine „ethische Revolution". Kein Reförmchen. Eine Neu-Justierung und Klärung des Zusammenlebens aller Menschen auf diesem einen Planeten unter fairen Bedingungen für alle. Es ist offensichtlich, dass nur wirkliches solidarisches Handeln in einem globalen Kontext ein Leben für unsere Kinder und Kindeskinder ermöglichen wird.

Nehmen wir uns ein Beispiel am Kirschbaum. Er braucht einen zweiten Baum, um befruchtet zu werden und Früchte zu tragen. Solidarität. Er lebt lange, wird sehr groß und irgendwann knorrig. Seine einstmals glatte Rinde wird rau und zerfurcht. Aber er trägt jahrein jahraus Kirschen. Beharrlichkeit. Seine hellen Blüten sind ein Lichtblick und der herrliche Anblick zaubert uns ein Lächeln aus dem Gesicht, bevor der Wind seine Blütenblätter wie Schneeflocken durch unseren Garten treibt, eine leichte Schneedecke auf dem Boden hinterlässt und uns süße oder saure Früchte bietet. Wandlungsfähigkeit.

Unsere Erde ist wie ein Kirschbaum.

Meine persönlichen nächsten Schritte:

Mein aktivierbares Netzwerk:

DANKSAGUNG

Mein Dank gilt Nadine für die wundervolle Unterstützung und für den Freiraum, „dranzubleiben". Mein Dank gilt Jan für die ermutigenden Worte, „durchzuziehen". Mein Dank gilt Sigrid, (ich duze dich jetzt einfach!) für die Unterstützung, Hilfe, Erklärungen und wertvollen Anregungen beim „Feinschliff". Mein Dank gilt Pascal für seine grandiosen Aufmunterungen usw. zwischendrin. Mein Dank gilt Markus, Keren, Graeme, Gisela und Constanze für ihre grossartige und speditive Unterstützung! Mein Dank gilt allen anderen, die sich an dieser Stelle angesprochen fühlen möchten. Danke!

Rey Rodriguez

Architekt und Musiker, 1978 in Bielefeld geboren, nach Stationen in Stuttgart, Las Palmas, Köln und Amsterdam lebt er mit seiner Familie in Zürich.

Im Haupterwerber setzt er sich als Architekt mit architektonischen und städtebaulichen Herausforderungen unserer Zeit auseinander. Mit ebensolcher Leidenschaft widmet er sich dem Musikmachen mit Freunden in seiner Rockband im Proberaum, im Studio und auf der Bühne. Wie er all das als kochender Teilzeitpapa schafft, weiß er selber nicht, sagt er. Klar ist, dass Herzensangelegenheiten von diesem Menschen stürmisch verfolgt werden.

Schon immer politisch sensibilisiert haben ihn seine Beobachtungen zu den beunruhigenden weltpolitischen Entwicklungen in den letzten Jahren verstört. Eine lose fiktive Idee artete in eine zwei Jahre dauernde Recherche- und Schreibtätigkeit aus.

Zum Glück wollen wir sagen, hat er bei diesem – für seine Verhältnisse – Mammutprojekt durchgehalten, um uns mit seinem Autorendebut „She, The President.", einer positiven Utopie, zu ermutigen!

MIX

Papier | Fördert
gute Waldnutzung

FSC® C083411

Zeitfracht Medien GmbH
Ferdinand-Jühlke-Straße 7
99095 Erfurt, Deutschland
produktsicherheit@kolibri360.de